中公新書 2548

黒井千次著

老いのゆくえ

中央公論新社刊

老いのゆくえ　目次

I　新旧の不自由を抱えて　3

II　もう運転しないのか……　69

老いのゆくえ

Ⅰ　新旧の不自由を抱えて

家と身体が共鳴する

しばらく前の話だが、ある時、住んでいた古い家を取り壊して建て直すことになった。大きな家でもないのに、その折に家の中を整理して捨てることになったガラクタの多さに驚いた。こんな物たちと一緒に暮していたのか、と呆れると同時に、長く失われたままだった品がゴミの中からひょいと姿を見せるのに感激したりもした。

とにかく長い工期を経て新しい家が誕生し、そこで暮すことが出来るようになった。それまでの古い家の暮しで感じていた不都合や不便な点は注文をつけて設計、建築してもらったため、新しい家の住み心地は快適であった。今迄は家に合わせて人が住んでいたのに、今度は住む人に合わせて家の方が在り方を変えてくれたかのようだった。

それからまた、歳月が過ぎた。新しい家での暮しが続くうち、ところどころに小さな故障が生れるようになった。

当初は、新しい家なのだから、と小さな不具合も気にかかり、建築会社に連絡して調べに来てもらい、手直しを頼んだり、不具合の説明を受けて納得したりした。

家の側も住む人の方も、少しずつ相手の気持ちを尊重し、時にはゆずり合うようにして、住み心地を育てていくような月日が過ぎた。

そのうち、ふと気がつくと、何かの故障とか不具合とかいうものが、外部的偶発的な要因によって生ずるのではなく、これは自然の摩耗によるものだ、と考えざるを得ない事態にぶつかることが多くなった。

そしてその度(たび)に、ふと感じることがあった。これは自分の身体が少しずつ古くなり、あちらこちらに問題が生じて、病院に出かけたり、医師の処置を受けねばならなかったりするのと全く同様のことなのだ、と——。

たとえば、水道の蛇口の栓が弛(ゆる)くなり、しっかり閉らなくなるのに気づくと、これはおそらく蛇口のパッキンが擦り減ったのだろう、と想像する。どんな形のものかもわからぬまま、その部品のライフはどのくらいであるのか、と考える。ライフが終ったのだとしたら不具合は当然であり、部品を交換するしかあるまい――。

そこでふと、思い当る。この不具合は、自分の指の関節がふくれあがり、うまく曲げられなくなったのと同じではないか、と。

ダイニングルームの木の引戸が重くなってうまく動かない。おそらく引戸の下に付いている車が摩耗するか、軸が外れるかしてうまく引戸を運べなくなっている。引戸を外し、下の車を調べてみなければ原因は摑めない。こんなふうに車が滑らかに転がらないのは、時にこちらの膝が痛んで階段が昇り難くなったり、足首の関節が痛んでうまく動かなくなるのと似てはいないか――。

その他にも、歩くと床の鳴る所があったり、壁の上張りの隅がはがれかかったり、滑り出し式の窓が四十五度くらいの位置にうまく止らず、九十度まで開けるか全く開けないかのいずれかを強いられたりする。それらが手の甲に浮かぶ染みや、屈もうとする際の腰の痛みを思い出させる。つまり家屋の経年変化が、こちらの身体の衰えをしみじみと感じさせてくれる。ああ、こんなふうに壊れて動かなくなったとか、ここが欠けてしまったために滑らかな運動が望めなくなったのだ、とか――。

家と身体とが、互いに頷(うなず)き合って日を過していく。そのうちある時、家屋の十年点検を行うから、問題点を整理しておいてほしい、と建築会社に告げられた。これは人間ドックだ、とすぐにわかった。実際の健診でも異常を発見されて専門医のお世話になったことがあるのだから、こちらの点検も慎重に取り組まねばならない、と身構える気分だった。

点検、手入れの最後には家全体をシートで覆い、外壁の塗り替えを行う、と告げられた。その作業中、シートのために視界を一切失った家の中で神経に異常を来した、という老人の話を前に聞いた。なんとかその危機を乗り越えて家は再生した。しかし、八十代にはいっている身体の方はそうはうまくいかない……。

空足を踏む恐怖

自分と似た歳頃（としごろ）の友人、知人が、転んだという話をよく聞く。ある時期から、急にそれがふえたような気がする。場所や状況や受けた損傷の程度は様々だが、足許（あしもと）が不安定で転びやすい年齢に近づいていることは間違いない。

道で転んで顔を打った、という同い歳の友人に、どんなふうにして何故（なぜ）転んだのか、と訊（たず）ねてみた。彼によれば全く思い当ることがないのだという。手ぶらで緩い坂道を下（くだ）っている時、突然転んだのだそうだ。道に落ちているものを踏んだとか、急に傾斜が変ったとかいうことは一切なかった。いわば自発的転倒だよ、と額の一部に傷跡のまだ薄く残っている彼は仕方なさそうに笑った。

その程度で済んでよかったよな、と慰めるしかなかったが、こちらにもどこか思い当る節があるような気がして、他人事ではないぞと自分に言いきかせた。

思い出してみると、まだ七十代にかかったばかりの頃、電車の駅の階段で転んだことがある。もう少しで上の通路に昇り切る、という段で前のめりに転んだ。足が滑ったのか、次の段に躓（つまず）いたのか、そのあたりはよくわからない。とにかく顔の一部を上の段に打ちつけ、眼鏡が外れて通路まで飛んだ。昇り終えた通路に落ちているそれを拾ってかけてみると、レンズは無事だったが、フレームが曲ってしまってうまく顔の正面にかけられない。顔の方もどこか歪（ゆが）んだか、と慌てて撫（な）でてみたが、幸いにして頰（ほお）が擦（す）り剝（む）けた程度ですんだらしいのでほっとした。

電車を降りた駅で最初に目についた眼鏡店に飛び込んでフレームの歪みを直してもらい、いつもの視界が戻ると、やれやれと一息つく思いだった。足が上りきらぬうちに次の段を踏もうとした焦りの結果であり、足の運びに慎重さが欠けていたのか、と反省した。

その他にも、歳を重ねてから転んだ経験は幾度かあるが、幸いにして大事に至らずに今日まで過して来た。

それにしても、理由も原因も全く不明のまま転んだのだ、と口を尖(とが)らす友人の顔を思い出すと、あらためて転倒への用心をせねばならぬ、という気分に誘われる。

同じことを心配するのか、家の者と一緒に外を歩くと、ほとんど一足ごとのように注意や警告を与えられる。靴を引き摺(ず)るのは足が十分に上(あが)っていない証拠だとか、後ろに手を組んだ歩行は転んだ時に顔を打つ恐れがあるから危険だとか、同じ理由からポケットに手を入れた歩行は避けるべきだとか、植込みの木の根が盛り上って舗装が割れているから気をつけろとか、まことに騒々しい限りである。

それを聞き流しながら考える。誰も好んで転ぶわけではないのだから、なぜ転ぶかは自分で究明する必要があるのだろう、と。

そして思い当る。歩くという意識もないうちによろけたり、身体の重心をとるのが難しかったりすることなど幾らでもあるのだから、それがもう一歩進めば転倒となる。人は転ぶものだ、との認識をまず持たねばならないだろうと、自分に言いきかせる。

すると、ふとこんなことに気づく。足は何かに躓くことがあるのと全く同じように、空足（からあし）を踏むというか、実際にはないものをあると信じて足を出し、すとんと落ちるケースも意外に多いのだ。ないと思っていたものがあったので躓くのと反対に、あると信じていたものがなかったために空（くう）を踏んでバランスを失う。躓いた瞬間は、足に反応があるのでシマッタ、とプラスの驚きに見舞われるが、空を踏んだ場合には、アレ、というマイナスの驚きと同時に恐怖に襲われる。あると思っていた階段の下りの最後の一段がなく、身体が突然落ちた時に受ける衝撃は、内臓にまで届きそうな気がする。突起物に躓く転倒が外傷につながるとしたら、ないものをあると信じて踏む空足による衝撃は、内傷とでも呼びたいような恐怖を当人に与えているのではないか、と考えてみることがある。

曲げた腰を伸ばせるか

転ぶと危ない、と歳を取ってからの転倒に気をつけているうち、いつかもう一つの危険が背後から忍び寄っていることに気がついた。

立って進もうとする際に前のめりに転んだりするのとは反対に、下した腰が上らなくなり、一度曲げて屈んだ腰がそこから伸びなくなってしまう恐れがあるのだ。

まず第一に、落した物や足許にあるなにかを拾い上げようと思っても、腰が滑らかに曲らず、身を屈めて目的のものを拾い上げることが出来ない。無理して曲げるには、腰の痛みをガマンするだけの心の準備と覚悟が必要なのである。

それだけでも困ったことなのに、次にはガマンして曲げた腰が今度は前のように簡単に伸びなくなってしまう事態に襲われる。曲げられない不便の後に、次は伸ばせない恐れが待ち構えている。

いつであったか、日本料理店での集りがあり、座敷のテーブルの下に切炬燵（きりごたつ）のように足を入れられる空間があるので、皆喜んでそこに足を伸ばして食べたり談笑したりした。

会がお開きとなり、いざ帰ろうとして席から立とうとした時、ある若くない女性客がうまく足を曲げられず、あたかも泥沼の中に落ちてしまったかのように立上ることが出来なくなってしまった。仕方がないので、まわりのメンバーが遠慮がちに腕を摑んだり、手を引張ったりしてなんとか彼女を畳の上に救出したことがある。あれなどは、腰を曲げるか伸ばすかの問題というより、同じ姿勢を長く続けるうちに腰が固まって動かなくなる、とでもいった状況だったのだろう。だとしたら、転倒が〈動〉の危険に満ちているのと同様に、こちらは〈静〉の恐怖を孕（はら）んでいるのだとでもいえそうである。転倒ほど大きな傷を負わないとしても、こちらは動きがとれなくなるのだからそれもまた困る。

また別のいつであったか、こんなことを体験した。前にスーパーマーケットのあった場所に新しいドラッグストアが開店した。あまり客は多くないようだが、薬剤などの他に化粧品や雑貨、飲料なども並べられている様子なので、一度ははいってみよう、と考えていた。

ある日、散歩の帰りにその前を通ったのでなんとなく自動扉の中にはいってみた。ぴかぴかに磨き上げられたリノリウムふうの床に、商品をのせた金属製の棚が整然と並び、客を待ち構えている様子である。メイン商品の薬剤や化粧品の並べられたあたりには客の姿があったけれど、そこから外れた雑貨類の売場周辺には人影もない。棚と棚の間に踏み込んで並べられた品々をぼんやり眺めた。

どんな品物に注意が向いたのか、なにかの用紙らしき物か、他の紙類であったか、とにかく最も下の棚に重ねられている商品に興味をひかれ、通路の間に身を入れてしゃがみ込んだ。思ったほど面白い品物ではなかったので、その左右の商品に幾つか触れてみた後、立上ろうとした。

と、驚いたことに、曲げたままだった腰が固まってしまい、痛くてうまく立上れなくなっていることに気がついた。しゃがみ込んでいた身体は腰が伸ばせないだけではなく、左右のバランスもうまく取れなくなっている。棚の板や脇の柱を摑んでなんとか立上ろうと踠（もが）いたが、曲げた腰はその形に固まったまま動かない。なんとか立とうとするうちに、バランスの崩れた身体は通路に音もなく横転した。さしたる衝撃も受けずに横たわった身体は、仰向（あおむ）けに通路に転がったまま、特別の苦痛も受けず、ただ足と手をばたつかせるだけだ。

まるで虫だな、と思いながら、窓の敷居の上に仰向きに転がったまま起きられず、手足だけをばたつかせている虫の姿を思い浮かべた。本人としてはその姿勢でもう少し遊んでいてもいい気分だったが、通路に転がっている老人として発見され、店員や客に奇異の目で見られたら困る、と気がついて、なんとか上の棚に摑まって腰の痛みに耐えながら立上ることが出来た。年寄りは、転ぶ危険とともに、立上れなくなることへの心配も抱えているのだ、とあらためて感じる。

「おじいさん」と呼ばれる違和感

少し前、仕事のための短い旅に出た。夜、ホテルにチェックインする時、フロントで翌日の朝食券を渡された。ビュッフェ風の洋食レストランと、和食の店とがあることを教えられた。いつも朝はヨーグルトにパンとコーヒーといった食事なので、旅に出た時くらいは和食を楽しもうか、という気分がふと湧いた。地階にある日本料理の老舗をみつけて店に足を踏み入れた。もう九時を過ぎていたせいか、泊り客の多くは既に食事をすませて去った後であったらしく、店内にはひっそりとした空気が沈んでいる。

案内されて腰を下ろしたひとつ先のテーブルには、一組の品の良い老夫婦といった客が坐っていた。穏やかに語り合っては時に小さな笑いを洩らす二人連れは、いかにも長年連れそって来たと思われる静かな雰囲気を漂わせている。男性の客はほとんど髪がなく、頭の肌が艶やかに光っているのが目にとまる。金縁の眼鏡をかけた女性客のほうは終始穏やかな表情を顔から消すことがない。おじいさんとおばあさんの好ましいカップルだな、とぼんやり考えた。八十代にはかかっていると思われる一組の客だった。

しばらくすると、もう一人の男性客がはいって来た。元気の良い客で、朝食に日本酒を一本つけて、若い女性店員になにか冗談を言いながら楽しげに杯を口に運んでいる。そして髪の具合が夫婦らしい二人連れの男性客と酷似して、まわりにだけ短い髪を残した艶やかな頭である。ああ、こちらの客も七十代は過ぎた人だな、と見当がついた。夫々の客が、夫々の仕方で朝の食事に向う雰囲気は、初冬の一日にふさわしい穏やかで快いものだった。

そのうち、ふとおかしなことに気がついた。どちらの男性客も〈おじいさん〉であることに間違いはなく、そしておそらく八十代にかかっている人達なのだから、その呼び方に不自然はない筈だ。

にもかかわらず、その二人の男性客とおそらく変らぬ年齢である筈の自分自身を、同じようにそこに加えて〈おじいさん〉と呼ぶことに強い違和感を覚えた。

自分はまだそんなに歳を取ってはいない、だから、あの二人の客のように〈おじいさん〉ではない、とする感じが、なにやら落着き悪く背筋から首筋のあたりに向けて這い上って来る。客観的にみれば、たとえば次の客が店にはいって来た時、〈おじいさん〉の客が三人と〈おばあさん〉の客が一人いるな、と思うのは自然であり、なんの不思議もない筈だ。にもかかわらず、そこで自分自身に目を向けてみると、オレはちがうよ、オレは〈おじいさん〉ではないよ、と言わずにいられない気持ちが動く。オレはまだそんなに老いてはいないよ、あの店にいた二人の客よりこちらの方が老人であるとか、似たようなものだとか考えられるとしたら、それは迷惑な話だ、と自然に口が尖って来る。自分だけ若いつもりでいるのだな、と指摘されれば、それは否定出来ないのだが。

もしかしたら、〈おじいさん〉と呼ばれることに違和感を覚えるのは、こちらが外界を眺める〈眼〉になってしまっているからかもしれない、と考えてみたい気もする。ただの〈眼〉であれば、そこには見る人の年齢などが関係なくなるのだろう。〈眼〉には〈眼自体〉は見えないのであって、〈眼〉の持ち主が老いているか否かは問題にならぬのかもしれない。

しかし、ここで素直な気持ちに戻って、自分は〈おじいさん〉と呼ばれたくないだけなのだ、と告白してみたとしても、それで気分が落着くわけでもない。

おそらく現実的には、〈おじいさん〉と呼ばれたくない〈おじいさん〉がいるのであり、その人が〈おじいさん〉の呼び名を受け入れるのは、自分の子供の子供、つまり孫からそう呼ばれる時だけであるのかもしれない。その時孫は、年数という数量で〈おじいさん〉を見ているのではなく、関係という光の中で〈おじいさん〉を見ているから、と思われるのだが——。

優先席で新鮮な迷い

ある午後のこと、都心へ出かけて帰る折、東京駅から電車に乗った。車両の隅に設けられた優先席に坐り、これからの四、五十分を居眠りでもして過せばいい、と考えてほっと一息ついた。シートは埋っていたが立つ乗客の数は多くはなく、電車は順調に走り続け、少数の客を降ろしたり乗せたりして幾つかの駅を過ぎた。やがて他の線との乗り換えがある駅についた時、降りて行く客はさほどでもないのに乗り込む客の数が多く、車内の空気の変るのが感じられた。

小柄な老夫婦らしき二人連れが手を取り合うような感じで乗って来ると、こちらの坐る優先席の近くのパイプに摑(つか)まって立った。病院帰りとでもいった様子の二人だった。特に強い視線を向けられたわけでもないのに、急にこちらは居心地の悪さを覚えた。それを逃れるようにしてそっと隣の席の様子を窺(うかが)った。三人がけのシートの奥の端に坐っているのは若い男だが、よほど疲れているのか、顔を仰向け薄く口を開けて眠り込んでいる。すぐ隣は黒いジャンパーを羽織った中年過ぎの男だが、こちらは深く俯(うつむ)いたまま微動だにせず眠り続けている。どちらも、目の前の状況を逃れるために眠った振りをしている、といった様子には見えない。

仕方がない、と援軍に見放されでもしたような気分で、夫婦ものらしき二人の乗客の方に向き直った。窓の外を見たり、足許に目を落したりして何やら小声で話し合っている二人からは、非難めいた様子や催促がましい態度は全く感じられない。というより、あの二人はむしろ意識して優先席の方を見ないようにしているのではないか、との臆測さえ芽生えてくる。こちらの思い過しか勝手な受け取り方かもしれないが、そのあたりがなんとも居心地悪いのである。困ったことになった、と思いながら二人の様子をひそかに窺いつつ考えた。この人達の年齢は幾つくらいなのだろうか——と。

もし二人が当方より若い年寄りであるなら、席をゆずることなどに頭を悩ますことなく、ただ黙って坐っていればよい。こちらも年寄りなのだし、幸いにして坐れた優先席にそのまま留っていても罰はあたるまい。眠っている二人の男性客が気がついて席を立ち、目の前の二人にそこをゆずってくれればいちばんいいのだが、それは期待出来そうにない。かといって、自分は坐ったままで、より若い眠る乗客に席を立つよう求める勇気などない。見たところ、二人連れの客はいずれも八十代にはかかっているだろうと思われる、こちらとほぼ同年齢の年寄りだった。同じ年寄りだとしても、もっと若いか、うんと年を重ねた人だったらいいのに、と思った。もし相手が若ければ、こちらの方が労(いたわ)られて当然なのだから黙って坐っていればいいのだし、もし本当に九十歳も超えるような足許の危うい人なら、こちらも立って席をゆずるべきであるだろう。

そんなことをとつおいつ考えているうち、幾つ目かの駅に停(とま)った電車から小柄な二人連れの客は降りて行った。あまり長くは乗らないから、さほど坐りたくはなかったのだろう、と勝手に考えて、ほっと息をついた。一件落着といった感もあったけれど、なにかがまだ燻(くすぶ)っているような気分も残った。

一つは、電車に乗れば優先席に坐ることばかり願っている自分が、時には他人に席をゆずることもあるかもしれぬ、と考えてみることの出来たのが新鮮だった。

また、八十も過ぎたあたりから、自分を年寄りの枠に入れ、そこで年寄り扱いされることによって自分を守ろうとする気持ちが自然に強くなっているらしいことに気がついた。

また一つは、年寄りは自分達より若い層を相手に、年寄りのことをひとまとめにして考えがちであるけれど、本当はそうではなく、年寄りは年寄りの内部で、もっときめ細かく年齢の違い、若さの違い、衰えの違いなどに着目し、その異同の中から自分の老いの実像を探り出すべきなのかもしれない、等々と――。

新旧の不自由を抱えて

歳を取ると、いろいろなことが次第に出来なくなる。昔は何も考えずにこなせていたようなことが、大きく息を吸い込んでからかからねばならぬようなひと仕事となる。たとえば、雨の日に歩いていて水溜りにぶつかる。それをよけて少し遠廻りするか、一気に飛び越えて進むかについて、考えてみなければならぬ。今は失敗を恐れて水溜りの縁を辿る場合が多いのだが、昔であれば考える前にひと飛びしてそこを過ぎていただろう、と苦笑する。また、かつての如く電車の駅まで十分以内で歩くのはもう難しい。

天井の切れた電球を取り替えるには、椅子(いす)の上に立ち、摑まるものもないまま両手を頭上に伸ばさねばならぬのだ、と考えて諦めてしまう。バランスを失って床に転落し、脚の骨を折ってしまう自分の姿が目に浮かぶからだ。

出来ないこととといえば、これはこちらの年齢のせいだけではないかもしれないが、クリームやローション等、化粧品の容器の裏に印刷された小さな文字がまず読めない。また、家電製品などの取扱説明書の文字が読めない。通常の老眼鏡ではとても読めず、どうしても必要な場合には虫眼鏡を持ち出さねばならぬ次第となる。あれら微細な文字群は消費者に読ませるためのものではなく、そこに印刷しておくことが必要と定められているから、そのキマリを守るために用意されているのではないか、と僻(ひが)んでもみたくなる。

ダメだな、世の中の動きについていけなくなったのだな、と溜息を重ねるうちに、しかしふと気のついたことがある。歳を取ったために昔はなんなくこなせたことが不可能になった、というのとは事情の異なる困難が存在する。年齢に責任を負わせることの出来ない不自由が発生している。かつては存在しなかった新しい様々なものが出現し、それに馴染(なじ)むのが難しい、といった新しい不自由の誕生が見られる。昔は出来たことが今は不可能になるのとは違い、自分の見知らぬものとうまくつき合っていけぬ、といった事態の発生である。

若い人達はそういった新しい事態にもうまく適応し、それなりの調和を生み出しているのだから、老人のこの不器用さはやはり高齢故(ゆえ)だといわれればその通りかもしれないが、そこで起っている不調和がすべて老年故であるとは言い切れまい。

たとえば、パソコンである。それを使えぬのはいかにも時代遅れの感がある。こちらより更に高齢であるのにパソコンを自由に扱うらしい人には敬意を抱くけれど、自分でパソコンとかワープロといった機器を使ってみようと思ったことは一度もない。原稿は使い慣れた万年筆で原稿用紙に書くものだ、との思い込みは一生我が身から離れそうにない。この保守性にどのような意味があるのかを改めて探ってみたことはないけれど、長年の習慣を変える気は起らない。原稿用紙の上に文字の立ち上って来ることはあっても、端正な活字の並びから何かが現れて来る様は、どうもうまく想像出来ない。

とはいえ、新しい電子的機器とのつき合いは、もちろんいくらでもある。自分でも知らぬうちにお世話になっているケースは別としても、日常生活の中で身近にあるものとしては、今のところ携帯電話あたりまでだろうか。実はこれも持つことに抵抗はあったのだが、家族や自分が病気になり、入院したり手術したりといったケースにぶつかると、緊急の連絡用に欠かせぬものと考えるようになった。その先には、〈スマホ〉とか呼ばれる更に便利なものがあるらしいのだが、電車の中などでよく見かける、画面の上に指先を縦横に滑らせるあの動作は見ていてどうも好きになれない。滑らせ過ぎると手の中の画面から現実が滑り落ちてしまいそうで心配だ。

考えてみると、現代の老人はかつての世界からは心身の衰えを理由に追い立てられる縦の不自由と、変り続ける現在の世界には容易に参入出来ぬといった横の不自由と、つまり、時間的にも空間的にも逃れられぬ二重の問題を抱えたまま、うろうろし続けているような気がする。

整理で出現した過去

主として仕事にかかわるものが多いのだが、机の周辺や書棚、書庫や物置きなどに溜ったまま、いつか雑然とした堆積物と化している資料や記録、ノート、紙袋にはいった印刷物などを一息に整理して、少しは風通しのよい机に向かって坐ってみたい、とよく夢みたものだ。そして実際に、一大決心をして整理にとりかかり、多少のものを捨てたり、置き場や並べる棚を変えたりまとめなおしたりして、少しは前よりマシな状態になった、と小さな満足を味わったりした。

しかし少し時が経つと、その整理作業からひどい反撃を受け、あんなことをしなければよかった、と後悔する羽目に陥ることがよくあった。これは必要なものである、と判断して同種のものと一緒にまとめてどこかに保存してある筈なのに、その場所がどこかわからなくなっていたり、また当然そこにしまった、と思っている場所に見当らなかったりするケースによくぶつかる。つまり、整理し整頓したばかりに、当の必要なものがどこにはいったか、わからなくなっている。

不思議なことに、整理する前のゴミの山のごとき状態にあっては、アレはこの辺りにあったかな、と記憶とも呼べないような本能に近い何かに導かれてそのゴミの山に手を突込むと、自分でも不思議に思うほど、探していた当の相手にぶつかることは幾度もあった。これはただ何かが散らかったり、だらしなく放置されているのではなく、目には見えぬ法則に従って相手がひっそりと隠れているだけなのだ、と考えてみたりしたものだ。だからそのくらいなら、小賢しい整理作業などせずに、何もかも自然の成り行きにまかせたほうがいいのだ、と反省することもあった。

つい先日も、似たようなことにぶつかった。ただ今回は、明らかに不要と判断される品は見当がついているので、本棚の最下段に入れたまま前に積み重ねた書物に遮られ、長い間動きの取れぬ状態に放置されている資料の袋を引き出して処分し、その後に床の書物を収めて少しでも室内を広く使おう、とする意図があった。

いざ引き出してみると、そこに保存されていた紙袋の中身は、こちらが予想していたものとは少し違っていた。仕事関係の資料だけではなく、そこには何十年も前のゴルフの成績を示すカードの束がはいっていた。あまり熱心なプレーヤーではなかったのだが、それにしてもヒドイ数字が並んでいる。今から振り返っても恥しいばかりのスコアが残されている。それらは直ちに廃棄処分となり、縦に横に破られて焼却物のゴミ袋に投じられた。

ところがその幾つもの紙袋の中から、意外なものが出現した。工場に勤務していた二十代の頃のノートや資料のファイル、図面や計算した数字の書き込まれた表なのである。いずれも大きな紙袋に納められているそれらの品々は、今から六十年近くも昔、自動車メーカーに就職して右も左もわからぬ時期に、教えられて手動のタイガー計算器を廻したり、計算尺を扱ったりして取り組んでいた工数計算などの表だった。

それらと対面した時、その今は何の意味も持たぬような古い資料の重なりから、いきなり鮮烈な風が顔に吹きつけて来るのを覚えた。それは二十代の工場の日々にあった空気の塊りであり、一九五〇年代後半の光の動きのようなものらしかった。用済みのそんな諸資料を手もとに残したのは、やがて将来そういう世界を小説に書く機会が到来するかもしれない、と思ったからだった。

その機会は得られなかったが、資料だけは手もとに残った。これは今や絶対に不要なものだ、との判断はすぐに下すことが出来た。

そして思ったのは、何かを棄てる時、決め手になるのは対象の要、不要ではなく、持主である自分とその相手との関係の切実さではないか、ということだった。そんな考えでいたら、もう整理は不可能となり、人は不要なものの山に埋もれてしまうかもしれない。それはしかし仕方のないことだろう。未整理のものの持主は、おそらく自分自身が未整理のままなのだから——。

家の外の危険、家の中の危険

年寄りにとって、家を一歩出れば、外は危険に溢れている。歩道を歩いていても、後ろから来た自転車が肩すれすれのところを猛スピードで掠めて行くし、横断歩道を渡っていても突然左折車が曲り込んで来る。道路にある段差にも気をつけねばならぬし、階段がどこで終るかも確かめてから足を踏み出さねばならない。躓くのと同様、空足を踏んだ折の着地の衝撃は、内臓に響くようで恐ろしい。

たとえ地面は平坦であっても、歩く当人がバランスを崩したり、足に痛みを感じてよろけ、転んだりすることもある。そこに障害物があったり、車が走って来たりすれば、事故はただ転倒だけでは終らない。

ぼんやり立っていれば歩く人にぶつかるし、どこかに坐って休みたいと思っても、腰をおろせるようなベンチなどもない。たとえその種の危険や不自由に出合わないとしても、雨が降れば靴や衣服は濡れるし、寒かったり暑かったりしても、外では身につけているものを簡単に替えるわけにはいかない。つまり家の外とは、ただ危険が多いだけではなく、なにかと不自由を覚えぬわけにいかぬ環境である。

だから、家に帰って来ると、やれやれと一息ついて寛ごうとする。ところが、それがまた簡単にはいかない。玄関には出入りの難問が待ち受けている。

まず靴を履いて出かけようとすると、片足の先を靴に入れ、長い靴べらを踵に当てようとして反対側の足で立ったままバランスを崩してよろけてしまうことが多い。下駄箱などにつかまって辛うじて身を立て直す。そして今度は帰宅して靴を脱ごうとしても、またそれが簡単にはいかぬ。足がうまく靴から抜けず、両足の踵をこすり合わせるようにしてもうまく脱げない。早く上ろうと焦って前のめりになると、土足のまま、二歩、三歩と廊下を歩く始末となる。誰にも見られていなければ廊下で脱いだ靴をそっと玄関に置いておけばいいのだが、もし家の誰かに発見されれば文句を言われるのは間違いない。つまり、自宅の敷居は高いのである。

それだけではない。家の中には中で、また幾つもの危険がある。

風呂場で滑ったり、転んだりして怪我（けが）をしたという人の話を聞かされる。そこでは衣服を脱いだ状態で事故に遭うので、剝き出しの身体の損傷は一層大きなものとなる恐れがある。二度、三度と重ねて同じような事故の話に接するとさすがに怖くなり、浴室の中で動く際には必ず何かに掴ってから身体を移動させる。それでも手が滑ったりしたら危険なので、風呂場では終始気を配り続けることになる。

家の中の障害や危険は、玄関や風呂場に限らない。古くなった家を建て替えた時、床の面には段差をつけぬように頼んだために一応の屋内のバリアフリーは実現したのだが、それで家の中の危険がすべてなくなったわけではない。事故や怪我はどこでも誰にでも起りうるのだから、一瞬の気の弛みや軽挙によって様々の事態にぶつかる可能性がある。床に敷いたふとんに躓いて転び、足の骨を折った、という老人の話など聞くと、まさかふとんで、と思いつつ、いやそれは珍しいことではあるまい、とすぐに考えなおしたりもする。廊下の角の柱でさえ、つい気が急いたり、ぼんやりしながら曲ろうとすると、身体をぶつけてしまうことがある。暗い中に半開きのドアがあれば、気づかずにその縁に顔が衝突して怪我する恐れがある。いや、顔を洗ってタオルで拭う折に、ふとした弾みにタオルか指が眼球をこすり、角膜を傷つけてしまう失敗もあった。

年寄りにとって家の外は危険に溢れているのだが、自分の家の中でさえ危険はなくならず、家の内外を問わず、危ないことに変りはない。としたら、これはもう老人そのものが危険のもとであることを示すのか。それとも、「危ない」とはなにより生きている証拠なのだ、とでも考えるべきなのか。

身体の痛みは危険の警告

朝起きると（といっても九時過ぎだが）、身体はまだバラバラのような気がする。脚は脚、腰は腰、肩は肩、腕は腕、とそれぞれが勝手に散らばっている感じなのである。ベッドに起き上り横向きに坐って床に足をおろそうとする頃になって、ようやく少しずつあちこちが目覚めてくる。

立ち上ると、まず腰が痛い。膝が痛い。肩のあたりに強張り（こわば）があり、首が滑らかに動かない。腕は自由に上らない。――つまり、身体全体が抵抗と痛みに包まれている。

いつの頃から、こんなに身体全体が軋み（きし）をあげるようになり、あちこちに痛みが巣くうようになったのか。考えてみてもはっきりしないが、七十代の終り頃から八十代にかかってのように思われる。

しかし、痛みや身の固さはそのまま一日中続くわけではない。脚や腰は歩いているうちに次第に痛みは薄れ、普通の運動をする限り、さほどの不自由はついて廻らない。肩や腕も動かしているうちに、いつかそれなりの滑らかさを取り戻している。つまり、日常生活にこれといって指摘するほどの障害や困難が続くわけではない。なんとはなしに昼間の時間に身体は馴染み、それなりにいつもの暮しを受け入れて時が過ぎていく。

としたら、目覚めた折の身体のあちこちの硬直やそれに伴う痛みは、いわば新しい一日に対する朝の挨拶の如きものであり、その日を始めるための通過儀礼なのかもしれない、と考えて半ば諦めつつ自分に言いきかせ、少しずつ昼間の時間に身を浸していく。この状態がそのまま続いていくならば、老後の日々が流れて行くのだ、と認識してやり過すだけでいいのかもしれない。

しかし、時にはその静穏の空気が破れ、異常の事態が発生することもある。そんな場合には、挨拶だ、通過儀礼だなどといった呑気な受け止め方ではなく、発生した症状に対する差しあたっての手当てが必要となる。

つい先日、朝起きると首筋が固まったように強ばり、横にも縦にも頭や顔が動かせない。いわゆる寝違えという症状なのだろうが、少しでも頭部を動かそうとすると首筋に激痛が走る。寝違えなら以前にも経験しているので、必ずしも老いに起因する異常ではないのかもしれない。しかし痛みの激しさはかつてより鋭いように思われる。

身体に似たような異変が生じても、同じことから受けるダメージの強さと広がりが、若い際のそれより遥かに深刻になるのが老いというものだろうか、と考えたりする。

首の痛い間は、歯を磨く際にも簡単に嗽が出来ない。洗面台の縁に片手でつかまり、仰向いたまま腰から上を天井に向けてそろそろと反らしてやっと嗽する始末だった。

湿布を張ったりして幾日かすると幸いに痛みは薄らいだが、まだ完全にもとに戻ったとはいえないような気がする。

原因のはっきりしない場合は避けようもないが、中には自分の不注意で身に損傷を与えるケースもある。

少し前、庭に水を撒く巻き取り型の長いホースが古くなったので買い替えた際に失敗した。水道の蛇口に繋ぐ部分であったか、他のどこかに繋ぐ部分であったか、とにかく二つの管を結びつける部位に、硬いプラスチックのナットがはめてあった。それを弛めてそこにホースを差し込めばいいのだが、そのナットが廻らない。こんなものの外せぬはずがない、瓶詰めの蓋を開けるのと同じではないか、と力をこめてナットを廻して成功し、作業は終った。

右手の親指が痛くなったのは、翌日の朝になってからであった。爪の先が指から浮いたようになり、とにかく力が入れられない。万年筆を握る手であるために困ったことになった、と後悔したが遅かった。前にはなんでもなく出来たことが難しくなっている。それに気づかぬのが恐ろしい。だから、身体のあちこちが痛んだりするのも、そのような危険がひそんでいることを前もって警告してくれているのかもしれない、と今は殊勝に考えることにしている。

社会的に転んだ——奇妙な印象

先日、久し振りに転んだ。屋内ではなく、広い道路の端である。曲げた腰が伸ばせなくなり、ドラッグストアの陳列棚の間に横転したまま起きられなくなったことはあったが、その時周囲に人はいなかった。今度はしかし、さほど車や人は多くないが、バス通りである。

しかし今回の転倒は、それなりの弁明を必要とする。ひとりで勝手に歩き、勝手によろけたり、躓いたりして転んだのではない。転んだ原因は、何よりもあのショッピングカートにある、と当人は考えている。

寒い間に着ていたダウンジャケットや厚手のコートの類をクリーニングに出してからしまうため、それをランドリーまで運ばねばならぬという。冬物はかさばる上に重い。それを幾着かまとめて運ぶのは大仕事である。よし、オレが引き受けよう、とその仕事を買って出た。金属パイプを使った四輪のショッピングカートがあるが、やや大型で普段はあまり使わないので、この際あの車に洗濯物を積んで運べばよい、と考えた。それでも重い車は危ないとか、バス通りの横断が大変だとか、家族に反対の意見はあったが、四輪のカートなら大丈夫、とそれを押し切った。引く柄の長い二輪のキャリーバッグは不安定なようで好きになれないが、四輪ともなれば地面に四つの点で支えられているのだから安心だろう、と単純に考えた。まして、その車が折り畳めば二輪に変ることなどに注意は払わなかった。

この単純な判断が間違っていたらしい。結論だけいえば、荷を載せた四輪のカートは、決して直進してはくれないのである。単純にまっすぐ前に押しても、常に左か右のどちらかに逸れて行く。道の端をストレートに進むのはまことに難しい。

それを騙し騙し扱って、なんとか住宅地の道からバスの通る道に出た。幅は広いのる。

だが駅からはやや離れ、自転車置場や空地の間に所々商店がある、といった道路である。

どちらからも車が来ないことを慎重に確かめてから、川でも渡るようにやおらカートを車道に押し出して横断にかかった。多少のぐらつきはあっても、カートはなんとか車道を渡り終ろうとする。目指すランドリーはもう目前である。前輪が歩道の縁にかかり、そこを一息に越えようと腕に力をいれた。

転ぶのではないか、と考えたのはその時だった。次の瞬間、カートは歩道の縁に半分乗り上げながら荷物を道に投げ出し、こちらに何のことわりもなく、折り畳み式の二輪の姿に変って道に平たく倒れていた。カートを押していたこちらは、自然にその上に身を投げる形となった。四輪のカートは、ある角度に力を加えれば身を畳んで二輪に変身することなど忘れ果てていた。

それからの展開は早かった。まだ起き上りもしないうちに、大丈夫ですか、怪我はありませんか、と大柄な若い女性がかがみこんで声をかけてくれた。ランドリーから跳び出して来た女子店員らしいことは、その制服姿からすぐわかった。どちらに行かれるのですか、との質問に、お宅に洗濯物を出すところだったのだ、と脚の痛みを堪えつつ答えた。

少し離れた場所で道を渡っていたまだ若いおばあさんが、倒れたこちらを見てちょっと足を止めたようだったが、さしたる事故ではないと見定めたのか、また前の足取りに戻って道を歩くのが見えた。

起き上ってみると、膝や腰に滲みるような痛みはあっても、歩くことに差しさわりなどはなさそうだ。大丈夫、と礼を言ってランドリーに洗濯物を持ち込んだ。

転ばないように気をつけて下さい、という店員の言葉に礼を言って店を出た。往きに比べて帰りはかなり慎重にカートを押した。

反省したのはもちろんだが、自分は個人的に転んだというより、社会的に転んだのだ、という奇妙な印象が残った。老人の転倒がとりわけ注目され、それへの用心が叫ばれているためだったろうか。夜、風呂に入ると、片方の膝小僧に梅干に似た赤い擦り傷が出来ていた。

残された時間と書物

ある時、ふとこんなことを思った。

仕事部屋の書棚の前に立ち、奥と手前と二重に詰込んだ書物や、足許に積み上げられた雑誌等を眺めながら、手にしている二、三冊の本をどこに置いたものか、と思案している折だった。

あれこれと書物を引き出してみたり、また押し込んだりするうちに、高い棚の奥の方に並べたままの幾冊かの翻訳選集があることに気がついた。全集と呼ぶにはいささか規模が小さいが、中には巻をまたいで二冊に及ぶような長い小説もはいっている。

作者や訳者から贈られたようなものではないので個人的な気持ちがからむこともない。ただ、ある時期に関心を持った事柄にかかわるような作品が収められているために求めたような記憶がある。求めはしたが、いつか読もうと思ううちに歳月が流れ、書棚の奥深くにしまわれたまま忘れ去っていた選集である。これはもう、手放してもいいのかもしれないな、と考えた。

古い本や資料を保存するか処分するかを検討する際、この先それがまだ必要となるケースがあるかどうか、という要不要に基づく論理的な判断ではなく、それらと共に生きていたい、という強い願いが湧くかどうかを判断の規準にしたい、とこれまで考えて来た。その流れからいっても、当の選集は論理的にも情緒的にも処分することが適切である、と思われた。

ところがその他に、もう一つ、思案の場が隠れているらしいことに気がついた。それは論理とか情緒とかいう問題とは別の、自分の持つ歳月にかかわる思案であるらしかった。

つまり、それらの規準とは別の、自分自身の時間を巡る判断というものがあるらしいことを発見した。平たくいえば、自分に残された歳月の中で、果してそれ等の本や資料などに目を通すことがあるだろうか、といった自問である。この先、いつかそれが必要になるかもしれない、といった推測や、ただひたすらそれらを身近に置いておきたい、といった願望とは別次元の、自分に残された時間をベースとする判断である。自分が生きている間にそれ等の本や資料を必要とし、読んだりすることがあるだろうか、という設問は、論理的であったり情緒的であったりする考え方とは関係のない、いわば肉体そのものにかかわるきわめて時間的な問いかけである。

とりわけ片方の眼に支障が生じて視力が衰え、読み書きは一方の眼のみで果さねばならぬ事態に追い込まれて以降、小さな字の書物を読むことが不可能ではないにしても、相当に困難となった。

そんな中で、字の細かい二段組みの分厚い書物などを前にすると、自分の残された時間の中でこれを読み通すことはおそらく困難だろう、とつい考えてしまう。

若い頃は、この先どんなことが起るかわからないのだし、どんな機会にぶつかるか予測出来ないのだから、可能性の幅いっぱいに構えている必要があるだろう、と考えていた。そのための備えとして、様々の資料や書物が保存されていたことがあったかもしれない。つまり、残された時間の量は多く、その中で最大限の可能性を育てようとしていたのかもしれない。

しかし八十代にさしかかった今となっては、残された時間を全く無視して判断や行動を闇雲（やみくも）に押し進めるわけにはいかない。

ああ、この書物はもう生きている間に読めないな、と感じるケースにぶつかるようになった。

すると、今迄にない不思議な気分が湧いて来るのを覚えた。——いいんだ、それはもう諦めろ、という静かな声がどこかから届いた。その声を聞くと、あたりに穏やかな光が漂うような気分を味わうことが出来た。仕事の上の必要とか、気持ちの傾きなどとは別の、時間の持つ透明な枠の如きものが自分のまわりにあるのを感じた。その枠は必ずしも窮屈なものではなく、そこは温かく自然な場であるように感じられた。

紋白蝶と老夫婦の同席

来る日も来る日も続く東京の酷暑に耐えかねて、山梨と長野との県境に近い山にかかった土地へと脱け出した折のことである。

自然の夜気の涼しさの中での眠りを楽しんだ後、翌日の昼近くになって、少し離れた道の駅まで野菜を買いに行くという家族に誘われて同行することにした。

山にかかろうとする高さであるために、澄んだ空気の中を届く陽光は強く、都会とはまた別種の剝き出しの昼の暑さがあることを、あらためて教えられた。

目指す道の駅に着き、低い階段を数段昇ってはいる横長の建物は、右手が野菜や果物を中心とした広い売場であり、反対の左手にはそれとほぼ変らぬ広さのセルフサービスのレストランが設けられている。

昼が近いために子連れの客が多かったが、それでも奥まで進むと空いたテーブルをひとつみつけることが出来た。そこに坐って娘の買って来てくれたソフトクリームを舐めながら、買物の終るのをのんびり待つ気分は悪いものではなかった。

すぐ隣のテーブルには、小学生と幼稚園の年少組あたりかと思われる姉妹が、若い両親と共に坐って食事をとっていた。お盆に料理をのせて後から運んで来た黒いポロシャツ姿の父親はすらりと長身で、なにかスポーツでもやっていそうな精悍な印象の男性であり、娘達と一緒にテーブルについて坐っている母親は白いワンピースをゆったりまとった穏やかな顔つきの女性だった。

そのうち、どこからともなく現れた一匹の紋白蝶が、客の坐るテーブルの上をふわふわと飛び始めた。若く元気な蝶ではなかったが、かといって気息奄奄の老いたる蝶でもなく、何やら用ありげにあちらのテーブルに舞い降りかけては坐っている客に追い払われて高い天井に逃げ、また別のテーブルに近づいては同じように追われることを繰り返している。姿も怖い虫ではないのだし、なにかの被害を与えられそうな心配もないのだから、こちらもアイスクリームを舐めながらのんびり蝶の行方を目で追った。そしてふと気がつくと、いつの間にかその白い姿はあたりから消えていた。

一時見えなくなっていた蝶が、再びテーブルの上をあちらへこちらへと飛び廻り始めているのに気がつくまでに、長い時間はかからなかった。どこかの窓からでも飛び去ったのだろう、とのこちらの想像は甘かった。蝶はまた前と全く同じことを繰り返している。

その蝶が、突然隣の親子連れの客のテーブルに舞い降りようとした。幼い姉妹は両手で食器を抱えて蝶から逃げようとし、母親はうるさそうに腕を上げて追い払おうとするが、少し飛んだ相手はまたすぐ客の上に舞い戻って来る。黒いポロシャツ姿の父親が、低いけれど鋭い声を発して長い腕で空気を切り裂くような動作を見せた。驚いたのか蝶は天井近くに逃げ、やがて出口の方へと姿を消したようだった。

ソフトクリームを舐め終り、野菜売場を覗(のぞ)いてみようか、と考えてレストランを出かかった時、出口近くのテーブルに品の良い老夫婦とでも呼びたいような一組の男女の客が坐っているのに気がついた。先刻、蝶の行方を目で追った時、そのあたりで姿が消えたような気がしていた。

食べ終った食器を前にして向き合ったまま黙って坐っているその老人客の脇を通り抜けるこちらの視線は、二人のテーブルの上を見廻していた。

――すると、いたのである、あの紋白蝶が。少し深みのある器の縁の下に身を潜めるようにして、蝶は静かに羽根を動かしている。舞い降りた相手を追い払わずに、二人の客は黙ったまま同席を決めた様子だった。男の客は手前の食器を少し動かして蝶の動勢を確かめ、女の客も無言でそれを眺めている。

他のテーブルとは違う、穏やかで快い共存の光景がそこに生み出されているような気がした。あの男女の客はおそらく八十代にかかっているだろう。そして、やや疲れの見える気がするあの白い蝶は初老のあたりか、と考えてふと笑いが湧くのを覚えた。

「あやふやな未来」の氾濫

今から先の時間のことについて書こう、と思いついてから、ほぼ一日が空転したまま過ぎた。これは予定外の出来事だった。

空転の理由は、かつてこの連載に書いたことを確かめたくて、少し前の新聞の切抜きや、それをまとめた中公新書『老いの味わい』などを調べてみるのに時間を費やしてしまったからである。せいぜい、半年か一年くらい前だっただろうと考えて探していたのに、なんと当の一文は、読売新聞の二〇一二年二月、つまり今から三年半も前に書いたものであったことに気がついた。前掲の新書に「その時、こちらはもう……」というタイトルで収められている文章がそれである。時間のことについて書こうとした時、まず時間そのものから一撃を食らった感じだった。自分が当の一文を書いてから三年以上も経っている、などとは考えてもみなかった。時の流れの早さに驚く。

当の一文にこだわったのは、年齢の近い人々と将来のことを語り合ううち、先の話をする折に、その時こちらはもうこの世にいないだろうけどね、と含み笑いを浮かべて呟くことについてそこに書いたからだった。それを否定したり、修正したりしようとは考えない。ただ、未来の場に自分がいないことについては、あまり簡単に考えないで、もう少しこだわってみたほうがいいのではないか、と思うようになった。そのために、前に書いた文章を読み直してみる必要を感じたわけである。

三年半も前に、自分はこんなことを書いていた。「残された時間が短くなればなるほど、その時こちらはもう……とどこか自嘲的に笑いながら呟く人は多くなる筈である。（略）あまり、未来の場に自分がいないことを気にかけぬほうがよいのかもしれない。自分ではなくこれから育っていく幼い生命が、未来の場でどのように守られ、いかに成長していくかに気を配らねばなるまい。」

その考えの中心にある問題、つまり未来そのものの主人公が幼い生命、若い人々であることはことわるまでもない。しかしだからといって彼等と同じように老いたる自分達が生きていることを遠慮したり、一歩退いて控えめに振舞ったりするのはどこかおかしいのではないか――。


そんなことを考えるようになったのは、論理的思考を辿ったからではない。逆に、きわめて情緒的な気持ちの動きのようなものに押されるのを感じたからである。

つまり、あまりに未来が氾濫し、形も定かならぬ空約束めいた未来が目につき過ぎるために、そんなものをどこまで信用したらよいのかに疑問が生じ、自分が残りの時間を生き続け、最後に辿り着く場としての未来像がなんともあやふやなものに変ってしまいかねない印象を受けるに至ったからである。

世の中は動いていくのだから、周囲の環境は移り変るだろうし、新しいものと古いものとの入れ換え等が起るのは当然である。そういう自然の変化ではなく、未来が自分達の暮しからむしり取られ、なんとも曖昧な未定の時間として宙吊りにされている感がある。

五年後にオリンピックやパラリンピックが日本で開催され、その他にサッカーのワールドカップもあれば、陸上競技の世界大会も開かれる。個々のイベントは大切なものではあろうけれど、それがどのように市民生活の上に影響を与えるかは、まだ先のことでもあるのだし、今は形が定まらない。

スポーツばかりが問題なのではない。ただ、わかりやすく目につきやすい出来事がスポーツの場合には多いので、自然にそちらに関心がひかれる。

何年後に何がある、そのまた先に何が起る、といった未来ばかりがひしめいている。そんな形も定まらぬような未来に、自分の終りの場面を委ねたくない。そのくらいなら、あっさりと居なくならないで、むしろ若い人達と手を繋ぎ、あれがおかしいよな、ここは変だよ、と異論を抱えたままだらだらと生き続けるほうがより人間的ではないのか、と考えたくなる。

櫛の歯が欠けた

毎日使っている櫛(くし)の歯が欠けた。長さ二十センチほどの、プラスチック製のごく平凡な赤い櫛である。いつ、どこで手に入れたのかもはっきりしない。誰かからもらったというような品ではない。自分で近所の雑貨屋あたりで買ったか、デパートで何かを買うついでにでも求めたか、といったほどの平凡な生活用品である。特別の思い出があったり、使い方をして来たようなものではない。

ただ、まことに使いやすかった。櫛の形は同じ歯が一列に並ぶのではなく、三十本ほどある片側はやや太く長い歯が並び、もう片方には四十本ほどの細い歯が連なっている。つまり握るような柄などはつかず、太い歯を使う時は細い歯の並ぶところを摑み、細い歯を用いる折は太い歯の連なりを握る、といった按配なのである。長く使い続けた便利な品であるため、その細い側の中央あたりにある歯が一本欠けて落ちる、などとは考えもしなかった。ある朝洗面台に立って櫛を摑んだ時、その歯の並びに一か所妙な隙間があるのに気づいて驚いた。なぜか、そこがひどく神秘的な黒々とした空洞に見えた。ゆっくり眺めると、それはただ歯の欠けた櫛であり、長年暮しの片隅を守って働いてくれた日用雑貨品の、任務を終えようとする姿であり、もう捨てるより他に仕方のないものであった。

洗面台から仕事机の上に移した櫛とあらためて対面し、何年くらい続いたつきあいであっただろう、と振り返った。少くとも十年以上は毎朝触れ合っていたはずだ、と気がついた。何十年か住み続けた家が古くなり、あちこちに問題が生じたので家を建て替えたのが十年前だから、最短でも十年は共に暮して来た計算になる。建て替える前の家の洗面台に向き合ってこの櫛を使っていた記憶がある。

十年を越えるつきあいがあるからといって、特別にその櫛を懐かしがるとか、思い出に耽るといった気分が生れたわけではない。ただ、櫛の歯の脱落を前にして、その平凡な日用雑貨の上を流れた歳月の長さにあらためて思いを馳せるところはあった。

十年経てば、暮しの中に様々な差し障りや不具合が生ずるのは当然である。家屋自体も外壁の手入れのために屋外に足場を組んでの作業が求められたし、クーラーや電気洗濯機、冷蔵庫なども次々と不具合が生じ、手当てや買い替えが求められた。どの場合も、十年も使ったのだから、そろそろ寿命ですね、と告げられるケースが多かった。その指摘を受けると、なるほど、十年も働き続けてくれたのだから仕方ないな、と納得すると同時に、ふと気のつくことがあった。その言葉には、どこか別の場所でもよく出合っているのに思い当ったからである。

病院に出かけ、幾つかの検査をすませた後で医師の診断に接する時、レントゲン撮影やエコー検査の結果などについて説明を受けるが、注意点や多少の問題があるなどとの指摘を聞かされた後、しかしまあ、お歳のこともありますから、とあまり神経質にならぬように注意されたり、それとなく慰めるような言葉を聞かされることによく出合う。なにか深刻な事態が迫っているケースは別として、経過観察といった程度の猶予のある場合には、そのような言葉を聞く度に、こちらも相当古くなっているのだから、あちらこちらに故障が生じても仕方がないか、と考えるようになった。

　人間と家屋や電気製品とを直接結びつけるつもりはないけれど、ただ、寿命という視点から見るかぎり、時間は何にでもついてまわる。それは健康意識とか衛生理念などといったレベルを越える、生命それ自体の抱える本質的な問題として、身に迫って来る。

　使い慣れたプラスチック製の平凡な赤い櫛の歯が欠けた、というささやかな異変をめぐって考えているうちに、その欠落の傷は意外に深く、櫛全体の容貌を変えてしまうほどの出来事であるらしいのに気がついた。その余波は、櫛の持ち主の上にも及ばずにはいられないもののようだった。当分は、仕事机の上のこの赤い櫛と睨(にら)めっこをして過すしかないか、と小さく息をつく。

老いの予告が欲しい

朝起きてベッドから足を下ろし、靴下を穿こうとする。それがさほど簡単な仕事ではない。なぜなら、固くなった腰がうまく曲げられず、思うような前傾の姿勢がとれぬため、手に持った靴下と足の先とがうまく接近しないからである。小さな網でも投げかけるように、片端を持った靴下を足の先へと投げてみる。それがうまく爪先にひっかかり、足が靴下の中へ少しでも潜り込むことが出来れば成功である。後は靴下の上の部分を引張って足を中に収めるように努め、なんとか靴下を穿く作業が半分だけ終る。反対側の足がまだ残っているので、もう一度同じ作業を繰り返さねばならない。

なぜか、二度目は最初よりうまく仕事の進むことが多いように感じる。投げられる網の動きに馴れて爪先が靴下の入口を捕えやすくなるのだろうか、それとも、ただこちらが失敗に馴れただけの話に過ぎないか。いずれにしても、そのような朝の靴下儀礼を経なければ、秋以降の寒くなった一日は始まらないのである。

そんなことを振り返るようにして考えながら、ふと疑問が頭を過るのに気のつくことがある。こんな腰の硬直と痛みは、いつ頃から始まったのであろうか——と。

おそらくそれは老化現象の一つなのであり、個人差があるとしても、七十代の半ばあたりにはもう起っていたことなのかもしれない。としたら、この朝の儀礼は十年近く続いている計算になるのだが、それほど長くこんな痛みと不自由さに耐えて来た、という実感はない。おそらく一度にそのことが起ったのではなく、腰の曲らぬ不自由はただ腰の重みとしてしばらく続いた後、次第に腰の固さや痛みとして意識されるに至ったのだろう。それがいわゆる老いの進行であることは認めるけれど、不満なのは、そんな不都合がいつの間に発生し、成長し、自分の身の一部になってしまったのかがはっきりわからぬ点である。これでは騙し討ちではないか、と文句を言いたい気持ちが強い。

ことは靴下だけにとどまらない。足の爪を切るのは更に難しい。爪切りを持った手が、爪先まで届かないのである。無理をして腰を曲げようとすれば、痛みに悲鳴をあげそうになる。

歳をとることは、生きている以上、仕方がない。老いるに従って、長く使って来た身体のあちこちに故障が生じ、かつてのようには滑らかに動作が進まず、軋みが痛みとなって苦しむのもまた自然の成り行きであるかもしれぬ。

ただ不服なのは、それがいつ始まったかがはっきりしない点である。転ぶとか、何かにぶつけるといった事故が発生したためならば、原因ははっきりしているのだから、それなりに納得したり、諦めたりすることが可能なのかもしれない。しかし何の自覚もないまま、いつの間にか腰が曲らなくなっている事態などに気づくのは、あまり愉快ではない。済(な)し崩しのようにして次第に身体の自由が失なわれていくのは、そしてある時、突然そのことに気づくのは、更に不愉快である。そうか、老いはいつも忍び足でやって来て身体のどこかに潜り込み、正体を現わす適当な機会を狙っているのかもしれないぞ、とようやく感づくに至る。

もしそうならば、そしてそれが避けられぬ定めであるならば、不意討ちではなく、せめて予告くらいは与えられてもよいのではなかろうか。そろそろここは滑らかに動かなくなるぞとか、ここから痛みが滲(にじ)み出すぞ、とか。そうすれば、ある程度の覚悟は生れ、老いを迎える構えが整うかもしれない。

——もしかしたら、還暦とか、古稀(こき)とか、喜寿、米寿などといった年齢の節目は、ただ単に長寿を祝うためのものではなく、身体の不自由の発生への予告であり、痛みや疼(うず)きが生れることへの合図であり、バランス感覚の衰えの警告などでもあったのかもしれぬ、と反省を強いられるような気分を覚える。

コンセントが課す試練

どうしてこんなにしばしば屈まねばならぬのか、というのが不満の始りだった。毎朝、コーヒーを淹れようとして豆を挽くが、そのためには電動ミルのプラグを壁のコンセントに差し込まねばならない。それにはまず壁の最下部に向ってしゃがみ込むことが必要となる。電源となるコンセントがそんな低い場所に設けられているからだ。

また、殊勝な気を起して掃除機を持ち出し、部屋の掃除をしようとした時なども、コードの先を電源につなぐには、まず壁に向って屈み込まねばならない。

その他にも、様々の家電器具を使うには、壁の最下部にあるコンセントの方に腰を折ることが求められる。

こんなこともあった。仕事部屋にもう一か所あると思っていたコンセントがどうしてもみつからず諦めていたのだが、たまたま壁際の床に積み上げていた本を動かしたところ、その裏に当る壁の最下部にコンセントが隠れていたのを発見し、驚いたり、喜んだりした。

これらの出来事は、すべてコンセントが床面すれすれ、つまり壁の最下部に設けられているために発生したのだと思われる。おそらくそれは、壁面の目立つ場所にはコンセントを取りつけたくない、との内装する人の考えによるものなのだろう。キッチンや洗面台周辺など、家の裏手ともいえそうな場所には、立ったままでも手の届く高さにそれが用意されていることを考えれば、足許にある低いコンセントは内装上の配慮に基づいたものと想像される。

小さなことかもしれないが、これは発見であった。しかし、そのこと自体に異議を申し立てるつもりなどない。むしろ、その不便さによってもたらされたもう一つの発見の方に、より強い関心がある。屈み込まねばならぬ身体の側が抱える問題である。
その低い場所にあるコンセントに対して苦情をいいたくなったのは、八十代にかかった頃からではあるまいか。以前のように無意識に気楽にしゃがむことが難しくなった。いや、しゃがむこと自体に問題があるというより、その次に立ち上ることがなかなか困難な仕事となってしまったためである。

通常、膝を折って腰を落とすという姿勢は、次に何かをする準備のためなのであって、当面の目的が果されれば、すぐにまた腰を伸ばして前の姿勢に戻るべく立ち上らねばならない。その立ち上るという動作が、身体の重みを持ち上げようとする際にかかる膝の負担の痛みに阻まれ、腰の軋みに妨げられて容易には遂行不可能なのである。しゃがむのはたやすくとも、立つのは難しい。つまり、行きはよいよい、帰りは怖い、といった状態が発生する。まわりに摑まるものでもあれば、それに縋って身体を持ち上げ、なんとか立ち上ることは出来るけれど、近くに適当な高さの手をかけられるような物がなければ、膝を伸ばし身の重みを独力で持ち上げ自立するのは実は容易な仕事ではない。ただしゃがんでいるだけの状態でもそれが続けば、折り曲げられた膝は既に悲鳴をあげているのだから——。急いでつけ加えれば、ここでいう身の重さとは、せいぜい五十キロ前後の話である。立ち上ろうとする膝には、しかしその重みが地球の重みの如くに感じられ、それとの綱引きでも求められているかの気分に迫られる。

コンセントの低い位置についての不満が、いつか膝の痛みや立ち上ろうとする際のその他の苦痛を呼び寄せたかのようでもある。

としたら、あの壁面の最下部に小さな口を開くコンセントは、実は年齢の鏡であるのかもしれない、という気もしてくる。ここまで屈めないならば、ここまで手が届かないならば、あなたはもう十分に年寄りよ、と床面の少し上からコンセントが笑いながら呼びかけているように思われる。

余計なお世話だ、ほっといてくれ、と言い返すことは出来るけれど、指摘された言葉は気づかぬうちにこちらの身の奥に潜り込み、時に顔を出してクスクス笑っているような気がするのが小癪（こしゃく）でならない。

II　もう運転しないのか……

もう運転しないのか……

なにか深刻なことを書こうとしているわけではない。ごく自然な、日常的で当り前の出来事について、短い文章を書いてみたい、と思っただけのことである。

ある日、一通のハガキが舞い込んだ。「親展」と記されたそれは、扉が開くように往信と返信がつながった形のものではなく、更にもう一枚が後についた、三つ折り仕立てのハガキであった。

宛先の下に印刷された赤い文字を読むまでもなく、相手がいかなるハガキであるかはすぐに見当がついた。これまで幾度も到来したことのある、東京都公安委員会からの「免許証更新のための検査と講習のお知らせ」である。今度迎える誕生日であなたは更新時期となるので、その手続きを行う前に認知機能検査と高齢者講習を受ける必要がある、との通知。七十五歳以上の年齢での免許証更新を希望する者は、この検査と講習を受ける必要があり、両方で五八五〇円が必要である、と記されている。そして他に教習所一覧や高齢者講習を行う教習所の予約状況までが棒グラフで示された三つ折りのハガキであった。それを手にしたまま、思わず溜息をついた。三年前の記憶が蘇ったからである。

　視力の衰えは進んでいたし、それに片方の眼は緑内障も加わったので、そろそろ車の運転は止めようか、と考えていた。視力のみではなく、車をバックさせる時に首をひねって後ろを見るのが苦痛になったり、また時にはブレーキとアクセルの踏み違えの直前で気づいて危うく車を傷つけることを避けたりすることが起ったりすると、次第に運転するのが億劫になる。もうハンドルを握るのは止めたほうがいいのかもしれない、との気持ちが強くなる。それでも、何かの折に止むを得ず自分で車を動かさねばならぬ緊急の事態が発生しないとも限らない、と考えて、視力検査で落されることを覚悟の上でもう一度は運転免許を更新しよう、と高齢者講習の受講を申し込んだ。

三人一組で受ける講習の前半は、時刻を時計の針で示したり、見せられた絵に描かれたものをどの程度覚えているかを確かめるといった程度のテストなのでなんとか通過した。しかしテレビ画面のようなものに向き合ってハンドルを握り、移動してくる横棒をハンドル操作でよけるといったテストにはいってしばらくすると、次第に胸がむかつくのに気がついた。そのうち、車に酔った状態となり、吐気まで湧いてくる。

これはもういかん、と思った時、並んで同じ検査を受けていたもう一人の老人が、テストに酔った、と声を上げた。講師は直ちに検査を中止し、コースを車で廻る実技へと移った。そちらは大過なくこなして三人の高齢者は講習を終えた。

試験場での検査では予想通り視力のテストが一度では通らず、別室での検査を経て、なんとか免許の更新は実現した。しかし実際には一度も車を運転しないまま、いつか三年が過ぎていた。

もういいや、と思った。テストでの車酔いに似た不快感がまだ胃の底に溜っているようだった。自分の自動車運転の歴史は八十歳を四年近く過ぎるここで終るのだ、と確認した。

すると、透明な鋭い光のようなものが、一瞬胸の内を走り抜ける感じを覚えた。ほんの一瞬のことであり、淋しさとか辛さといったところまでは達しない、光の現象にも似た出来事だった。もう車は運転しない、と決めると、二十代からの車との関りの記憶が一度に蘇って来るようだった。

最初の車は、どうせあちこちぶつけるだろうから、と知人から譲ってもらった中古車だった。やがて家族の全員が運転するようになるまで、車との長いつきあいが続いた。いろんなことがあったな、と思い出しはするが、感慨と呼ぶほどの深い思いが湧くわけではない。ただ、自分の年齢や能力というものを、鮮明に浮かび上らせてくれる客観的な手がかりとして、自動車の運転免許証の更新とその放棄とがあることを、あらためて、静かに感じている、とでもいえばいいのだろうか——。

家で和服だった年寄り

なにかの折に、昔の年寄りはもっと重々しい存在だったな、と我が身と比べて感じることがある。こちらがまだ少年期にかかる頃までの印象がその感じの土台になっているらしいのだから、時代としては太平洋戦争前か、戦時中のことになる。とはいえ、身近な年寄りとしては父方の祖父はすでに亡く、祖母は一緒に暮してはいても男性ではないのでどこか別の場所に居るかのようであり、ここでの関心からは少し外れている。

となると、自分にとって当時の年寄り像の中心は父親であったらしく、母方の祖父がそれを補填していたといえなくもない。父親の年齢は敗戦時にはまだ五十歳にも達していなかった筈だが、昔は初老とは四十歳の異称であったというのだから、子供の目には父親は最も身近な大人であり、かつ年寄りでもあったのだろう。

役所に勤める人間であったその父親は、毎夜帰宅すると、必ず背広から和服に着替えた。夏は浴衣であり、冬は着物の上から褞袍を羽織ったりもしていた。休日には、朝から着物のまま一日過していたように覚えている。そしてその身形は、いかにも自分の家で時を過すにふさわしい落着いたものとして息子の目に映ったのだった。それが、大人の男性、乃至は年寄りの自然で基本的な衣生活の形であり、朝出かけてから夜帰るまでの背広姿は、公的なものであって、いわば職業に合わせた衣裳の如きものとして受けとめていた。

そして男性の家の中のこの和服姿は、どちらかといえば動よりも静の気配をより強く漂わせていると感じられた。浴衣や褞袍姿となるといささかくだけ過ぎているけれど、袴などは着けなくても、きっちりと着込まれた和服には、それなりの整った感じと重々しさとが備っていた。つまりそこには、年寄りを含む大人の男性像が生み出されていたともいえよう。

それが変ったのは、先の戦争中、次第に米軍機の空襲が激しくなって来た頃だったろう。夜中、サイレンに追われて庭に作った防空壕（ごう）に逃げ込む時など、子供も寝巻などに着替えてはいなかったのではあるまいか。父親の背広も、国民服と呼ばれるカーキ色の軍服に似た通勤着に変っていた。

やがて敗戦が訪れ、食糧難に喘（あえ）ぐようになると、最早（もはや）男性の着物姿など日常生活の中では全くといっていいほど見られなくなった。勤めから帰った父親は和服に袖を通すのではなく、家庭用の替えズボンに足を通すようになった。敗戦時の混乱の中では、ごく自然に男性の衣生活の中から和服が姿を消した。仕事から帰宅した大人は、ゆったりと寛げる和服ではなく、身軽に動けるシャツやセーターとズボンの組合せに親しむようになった。こちらが旧制の中学生から新制の高校生に変る頃だったか、ある時、勤めから帰った父親がもう着物に着替えるのではなく、ズボンとセーター姿になっているのにあらためて気づき、あれ、と発見でもしたような感じに襲われたのを覚えている。

敗戦を境にして起ったもう一つの変化は、畳敷きの茶の間に卓袱台（ちゃぶだい）を置き、膝を揃（そろ）えて坐った形で家族が晩飯を食うといった形式ではなく、ダイニングルームなどと呼ばれる部屋で、椅子に腰をかけテーブルに向かって食事をする暮しへと移ったことである。

そんな暮しの変化の中で我々は生きて来た。としたら、昔の日常生活のうちに養われ、育てられて来た心身の動きが、かつてと同じように保たれる筈がない。

ここでは男性に限っての話だが（女性についてはまた別のアプローチが必要かもしれない）、衣生活の変化ひとつからみても、今やかつての壮年像、老年像が失われているのは当然であり、昔と同じように壮年、老年の人々が生きられないのは当り前の話だといわねばなるまい。

かくして、かつての少年の成れの果てともいえる現代のオジイサンが、重々しさや権威を失い、なんとなく弱々しかったり、軽はずみな存在として扱われることがあるのは無理もない。かといって、今更慌てて和服を着てみても、もうどうにもならないのだが――。

小さな物が落下する

——とにかく、よく落ちる。指先から足許に絶えず何かが落下する。

熱い飲み物のはいった湯呑みや、髭剃り（ひげそり）の後につけるクリームの重い容器であったりすると、火傷（やけど）や足指の打撲を心配しなければならない。

以前にも六十代の頃に一度、似たようなことの起る時期があった。その折には、なぜか指先がひどく荒れ、やがて指紋もなくなるほどつるつるの状態になってしまったのが原因であろう、と推測した。仕方がないのでその時は、今は地球の引力が特別に働く、引力強化週間にはいったのだろう、などと戯れに主張して指先の異常をごまかそうとしたのを憶(おぼ)えている。

しかし八十代にはいってからの落下頻発は、以前とは事情がやや異なるように思われる。指先の皮膚にやや異常はあるとしても、それは決定的なものではなく、むしろ指の動き方に原因があるように感じられる。そして落ちる物は、重かったり、特別に滑りやすかったりするのではなく、むしろ軽い物、小さな物に集中する傾向がうかがえる。

たとえばコイン――それも五百円玉といった高額な大柄のものではなく、一円玉、五円玉といった小額の軽いものの場合が多い。スーパーマーケットなどで買物すると、端銭を求められることがよくある。小銭がたまるとコイン入れが重くかさばったりして持ちにくい。なんとか釣銭を受け取らずに支払いを済ませようと、レジの前でコイン入れを開けて勘定の知らされるのを待ちかまえる。それからが大変だ。ほとんどの場合、背後には同じように勘定を待つ買物客が列を作って並んでいる。だから支払いは素早く済ませねばならない。

端銭を含む金額を示されると、少しでも早く、紙幣に小額のコインを添えてその金額をレジ横の受け皿に入れようと焦る。そしていくばくかのコインを慌ててつまみ出そうとすると、その中の幾つかが必ず足許に落下する。後退り(あとじさ)しながら床を探そうとすると、すぐ後ろに並んでいた年配の主婦らしき女性が、身軽にしゃがんで一円玉や十円玉を拾い上げてくれるのである。時にはレジ係の女性店員が、どこかに転がり込んだ五円玉を足許の空箱をどけて探してくれたりする。恐縮するばかりである。

そのうち、少し頭を働かせ、紙幣にそえて支払うべき小額コインは、こちらが選んで取り出すのではなく、掌(てのひら)の上にぶちまけた状態でレジの女性にさし出し、そこから必要な金額をつまみ取ってもらうことにした。外国旅行でコインの扱いがわからず、ポケットの小銭をそのまま摑んで、店員に突き出し、必要な金額をつまみ上げてもらったことを思い出したりもした。なぜか、レジまわりで働く人々は、決してコインを床に落したりはしないようである。

コインに劣らず落下するのが飲み薬である。小さな円盤形の錠剤で、それが一粒ずつ台紙の上に透明なプラスチックのカバーをかぶって並んでいる。カバーの上から押せば薄い銀紙のような底の紙が破れてまるい錠剤がとび出してくる。それを毎朝、幾種類か数錠飲むのだが、両手の指を使うため、必ずといっていいほど一、二粒の錠剤が床に落下してどこかへ転がっていく。フローリングの床なので、固い錠剤は高く乾いた音を残して姿を消す。あ、また落した、とそれを聞きつけた家族の誰かが声をあげる。わかっている、すぐ拾うよ、と応じて坐っていた椅子をどけ、テーブルの下に潜り込む。するとそこは別世界である。求める錠剤はみつからなくても、コーヒー豆がひっそりと一粒転がっていたり、輪ゴムやクリップ、椅子の足につけるカバーなどが外れて落ちていたりする。その世界に軽く挨拶し、落した薬をみつけて拾い上げる。頭を下に向け続けるとくらくらするので慌ててテーブルの上の日常の眺めへと戻ることとなる。薬のシートのどこかに、一度床に落してからお飲み下さい、とでも小さな字で書かれているのではないか、と疑う気持ちが湧く。

しかし、こんなふうにして、もし自分が自分から落ちてしまったらどうしよう、と急に不安を覚えつつ薬を飲んで一日が始る。

自分の年齢に違和感

テレビのニュースやドキュメンタリーなどを視(み)ていると、登場してくる人物の年齢が表示されているケースによくぶつかる。この人は幾歳くらいなのだろう、と気にかかることが多いのだから、そこに示されている年齢は必要なものであるに違いない。

そしてなぜか、男性の老人の年齢に注目するケースが多い。ほとんど無意識のうちに、画面の人物と自分の年齢とを比べている。女性の場合に年齢があまり気にならないのは、相手が異性であるためだろうか。なにしろ女性は、平均寿命からみても男性より六年ほど長いのだから、年齢の輪郭が違うために比べようがないのだ、と考えているらしい。

画面に現れる男性老人から受ける印象は様々である。たとえば、登場した相手がこちらと同じく八十代の前半であった場合には、自分も他人の目にはこんなふうに映るのかな、と想像する。もしその相手が元気で意外に若く見えたりすると、我が身を振り返って、これはいかん、と焦る気分に襲われる。焦っても今更どうにもならないのだが、その時の動揺はすぐには収まらない。

反対に、相手が同年か似た年齢の老人であるにもかかわらずひどく老けて見えた場合には、急に優越感を覚えて背筋が伸び、僅かではあっても若々しくなったような気分に浸ることが許される。

この優劣の判断はしかしきわめて恣意的なものであり、客観的な尺度などないのだから、ただ気分的なものに過ぎない。第三者が見た時に、どちらがより年寄りに見え、どちらがより若く感じられるか、といった判定は逆転する場合も充分に考えられる。しかしそれだけに、この受け止め方には切実さがこもっている。オレの方が若い、オレの方が元気だ、と優越感を持てることへの喜びは、子供じみてはいるとしても、しかし生き続ける上での貴重なエネルギーを育む土壌を整えている、ともいえそうである。

年齢のイメージについていえば、それは他人との比較だけではなく、自分自身を対象にしても気にかかることがある。

歳を重ね、自分が今や老人となったことは認めざるを得ない。しかし、どの程度の老人であるかを判定するのは難しい。この五月を迎えれば、自分が満八十四歳になる、ということは知っている。知ってはいても、その年齢がすんなりとは受け入れ難い。そんなことはないだろう、という疑いの呟きが喉元にこみ上げて来る。ついこの間まで、自分は路上で縄跳びをしたり、赤土の校庭を裸足で走り廻っていた中学生ではなかったか。それが今、八十五歳になろうとする老人であるなどとは容易には信じ難い。

ではどの程度であれば信じられるか。六十五歳くらいであったなら、そうかもしれないな、と頷くだろう。七十五歳といわれたら、そんなことはないと思うけど、と呟きながら、それでも止むを得ずにその年齢を受け入れようとするかもしれない。しかし、八十五歳になるまで後一年だよ、と告げられたら、それはないョ、と抗議するに違いない。

つまり、自分の現在の気持ちと、客観的な時間の推移とがずれてしまっている。自分の年齢にリアリティーがない。他人と比べたり、自分の過去の身近さを呼び寄せたりして違和感ばかりを覚えるのだとしたら、なによりそのこと自体が老化の著しい進行を示しているのかもしれないのだが――。

重ねる失敗にも意味がある

なぜか、このところ、急に失敗することが多くなった。深刻なしくじりをする、というほどのことではないが、ささやかなミスを重ねたり、同じような間違いを繰り返したりすると、やはり気にかかる。

戸締りと消灯は家族のなかで最後に寝つく自分の仕事と心得ているのだが、朝になってから、昨夜はどこかの明りが消してなかったとか、窓の鍵がかかっていなかった、とか家人の注意を受ける。そんなことは絶対にないはずだ、と抗弁するのだが、二度三度と重なると、さすがに自信が揺らいでくる。

明らかに自分のミスだ、とわかることもある。毎朝コーヒーの豆を挽いてそれをコーヒーメーカーの容器に入れ、水を整えてから電気のスイッチを押すのだが、しばらくして下のポットを見るとただ湯が溜まっているだけだ。慌ててコーヒーメーカーの豆の容器を調べるとそこは空っぽで、コーヒーは豆のままコーヒー挽きの中にひっそり隠れている。どうしてその工程が脱けてしまったのか、自分でもさっぱりわからない。また、少し前に別のコーヒーメーカーを使っていた時には、下にポットを置くのを忘れて電気のスイッチを入れ、出来たコーヒーをテーブルの上一面に流してしまったこともある。

曲りなりにも機器を扱う場合の失敗はまだそれなりの出来事として受け止められるとしても、より単純で素朴な失敗もある。

ある会合の帰り、外に出て少し歩いた時、後ろから呼び止められた。カバンを置き忘れていなかったか、というのである。カバンを持ってその集りに行ったのだが、そこで配られた資料のはいった書類袋を手にしたため、カバンのほうは椅子の背に預けたまま出て来てしまったのだった。カバンと書類袋との入れ替りがなにやら手品のように感じられておかしかった。

より素朴なミスは、不注意事故の負傷である。温泉に出かけて露天の岩風呂にはいった折、客が混んで来て、パイプの手摺(てすり)のついた上り口まで行くのが面倒なので、すぐ横の縁から直接床に出ようとした。しかし思ったより湯が深く、縁を囲んでいる岩の庇(ひさし)のような裏側で一方の腿(もも)の内側をこする結果となった。少しして洗い場で腿の一部が赤く変色しているのに気がついた。その後は湯が滲みて浴槽に沈むことが出来なかった。

全く同じような事故が、自分の仕事部屋でも発生した。ふえる本を床に積んでいるのだが、それを移さぬまま身体を伸ばして本越しに裏側にある本棚の資料を取ろうとした時、伸びきった足が敷物の上で滑って身が横に傾いた。転ぶぞ、と思った時にゆっくり床に身が落ちて、どこにぶつけたのか右の腕の裏側にひりひりした痛みを感じた。脇にあった踏み台の脚部に当ったのかもしれない。シャツの袖をめくると、肘の少し先の裏側が、あたかも苺(いちご)シロップをかけたかき氷のようにピンクに染ってまだらに皮膚が破れていた。これでは傷が湯に滲みて風呂にはいれぬか、と先日の岩風呂のことを思い出さずにいられなかった。

その他にも、ささやかな失敗には次々と出合う。危険を避けるべく注意せねばならぬ、と自戒はするが、しかし失敗の全くない平穏な日々というのも案外つまらぬのではないか、と言ってみたくなる。他人に迷惑をかけるような事態は避けねばならないが、しかし失敗には、失敗しなかった折に無意識にやり過ごしていることをあらためて裏側から照らし出して教えてくれるといった面もある、などと考えるのは、年寄りの負け惜しみなのであろうか。

整理は古い自分との再会

何年ぶりかに、また整理を始めた。

整理の対象は、主として様々な種類の資料の群れである。本や雑誌は一応形が整っているし、発行時期も明らかなので、要・不要の判断がつけやすい。しかしその原材料であるともいえる種々の形の記録や資料類は、サイズも形も紙質もまちまちな、気ままな紙の束である。内容の面からだけではなく、揃えて保存すること自体に困難が伴う。それこそ、雑然としたもう一つの別の世界が目の前に出現したかのようなものだ。

仕事をしていて、ふと、これについてはなにか面白い資料があったはずだ、と思いつく。しかしそれが新聞や雑誌から切り取ったスクラップの類であったか、本や雑誌の一部のコピーであったか、または小冊子の形をした印刷物であったかがはっきりしない。外形は不明なのに、探しているナニカを見たという記憶だけは、妙にはっきりと頭に残っている。いつか必要になるかもしれぬと考えて、ドコカに保存したこともはっきり覚えている。だから、探せば必ず出て来るはずなのに、スクラップブックや書類袋や紙の箱などのどれを調べればよいかがわからない。たとえわかったとしても、では同類の袋や箱の積み上げられているどのあたりを探せばよいかが、また簡単には見当がつかない。床から天井までの作りつけの本棚には、数えてみると百に近い区分がある。その他に、自由気ままな置き場として使える床面は仕事部屋全体に広がっているのだから、捜索の範囲はきわめて広い。つまり、ふと思いついて保存した必要なものを探し当てるのは、まことに大変な労働なのである。

だから、そういう苦労を少しでも軽くするために、幾年かに一度は、溜ってしまったものの整理に乗り出すのかもしれない。分類、整理、取捨選択を含むこの仕事は、しかし簡単には進まない。定められたものが一定の場所に収まり、必要に応じて直ちに取り出せるような状態が実現することを夢見ながら作業に励むのだが、容易に仕事は捗（はかど）らない。求めるものがドコにあるか、直ちにわかるような詳細にして広大な収納地図を作ろうとか、図書カードに似た資料カードを整えてみようか、などと夢想しながらスクラップ類の整理に努めるが、気ばかり焦って仕事は一向に進まない。

そのうち、保存していた資料群の中に、意外なものを発見して驚くことがある。自分の書いた古い日記や出せぬまま手もとに残っていた手紙なども再会すれば感慨は湧くが、それらはいずれも自身の書いたものである。

それに対して、自分が興味を掻（か）き立てられたり、関心を寄せたりした対象は客観的なものであるだけに、そこから逆に自己の姿が影絵の如くに浮かび上って来るような気がする。古い時間の中に蘇った自分が、かつて自分の集めた資料の余熱を浴びる姿を眺めるのはまた一興である。どうしてこんなことに関心があったのか、と自分のことながら不思議に感じる折もあるし、ああ、この気がかりは昔から今まで、途切れることなく続いているのだな、と再確認する時もある。

そしてふと気づく。この整理の作業は、実は整えられた資料保存の形式や、古い資料を探す折の便利さを求めるものというより、古い鏡の中に浮かび上る自分との再会、鏡の中に住む自分と老いた目でそれを覗き込もうとする現在の自分との対話に耳を傾けようとする姿勢によって支えられ、進められているのかもしれない、と——。

免許返納、身軽な淋しさ

本章のはじめに、「もう運転しないのか……」と題した文章を書いた。東京都公安委員会からの、自動車の運転免許証更新とそのために必要な手続きを伝えるハガキを受け取った時のことを記したものだった。七十五歳以上の者が免許証を更新するにあたって、必要な認知機能検査と高齢者講習のことがそこには書かれていた。

三年前にその検査を受けた時の記憶が生々しく蘇って来た。テレビ画面のようなものに向き合って坐り、こちらに近づく障害物を避けるべく前のハンドルを懸命に操作するうち、次第に車酔いに近い状態に陥り、遂には吐気まで覚えて検査を中止した時の記憶が鮮明に残っていた。

　もう八十歳も越えているのだし、近年片方の視力が著しく低下してきたことを考え、そろそろ車の運転はやめようか、という諦めの気持ちが身の内に湧くのを覚えた。運転断念の決心をすると、しかし淋しさや車にまつわる思い出などがちらついて感傷的な気分に襲われたが、それはもう仕方のないことだ、と自分に言いきかせ、運転免許の自然に消滅するのを見守る日を過した。

　ところがある日、家族の一人が免許証の更新に車の試験場に行く、というのを聞いてふと気持ちが動いた。実はハガキの通知の中に、運転免許証を有効期間内に返納した場合は、身分証明として使用出来る「運転経歴証明書」なるものを発行する、と記されていたのが記憶にあったからだ。

　写真と千円ほどの手数料は必要だが、運転免許証にかわる写真つきのカードが身分証明として使えるとしたら便利であるに違いない。連れがあればその証明書をもらいに行くのがいいかな、と考えて警視庁の試験場に足を向けた。

　それはまことに不思議な体験だった。試験場にはこれまで幾度となく足を運んで来たが、常に先のこと、何年かの未来を手にいれることを目指して出かけて来た。今回はしかし、全く逆の立場にあることに気がついた。免許証を返納するために訪れたこちらは、車を運転する未来を放棄するためにここを訪れたのであり、今は時間の買い手ではなく、売り手に変わったかのような気分を味った。

手続きが終って必要な書類を受け取るのも、今までのような窓口ではなく、待合室の通路の脇だった。

事務室のドアから出て来た女性職員が、真ん中にドスンと音のするような感じの大きな丸い穴をあけられた従来の免許証をまず返してくれる。これはもう使えなくなりました、と聞くと、従来も更新される度に古い免許証には中央に穴があけられていたのに、その穴が特別に大きなものであるように感じられてならなかった。

書類袋の中の新しい運転経歴証明書が渡され、運転免許の取消通知書や、運転免許自主返納記念と書かれた小さな封筒のようなもの、自主返納のサポートを知らせるパンフレットなどが渡された。ゴクロウサマデシタ、といった挨拶の小さな声を背に建物の出口に向った。

これでひとつカタがついた。こんなふうにして今迄あったものを手放し、少し身が軽くなったように感じるのは初めての体験だったかもしれない。

――少しさっぱりして、少し淋しい気分が残った。なるほどな、と何を感心しているのかよくわからぬまま、しきりに感心している自分がいた。

雨戸を引き、夜を作る

夏至が過ぎると、毎日少しずつ昼間の時間が縮まり、夜の時間が長くなるという。日の出が遅くなり、日没は次第に早くなるのだから、昼間の時間が短くなるのは当然である。

けれどかなり以前から、六月の末に到来する夏至なるものが、どうも季節の感触に反するような違和感を覚えるようになった。これからギラギラと輝く太陽の季節が訪れて本格的な夏が到来するというのに、七月にはいれば早くも昼は短くなり、夜が延び始めるというのはどこかおかしいのではないか——。少なくとも感覚的には納得しにくいところがある。

そんな昼と夜のことをぼんやり考えていると、ふと記憶に浮かんで来る光景がある。妻の買物の荷物を運ぶためについていった時のことである。スーパーマーケットの道路をはさんだ向い側に建つ家の二階のベランダが目に入った。

そこには、長身の老人が家の中から現れて、ベランダに戸を引く様が見受けられた。閉められたのは木の雨戸ではなく、灰色のトタン張りの戸であるように目に映った。

ごく当り前のそんな光景が印象に残ったのは、それがまだ日の高い、三時とか四時といった頃合いだったからだ。季節は冬だったろう。七十代かと思われるその老人は、最後の一枚の雨戸を内から閉めて、家の中に姿を消した。

こんなに早くから戸締りしないでもいいのに、と考える一方で、あの人は今、家の中に夜を作ったのかもしれない、と思い当った。戸の隙間から外の明りが細長く洩れる部屋の中には、まだ作られたばかりのひ弱な暗がりが生れたことだろう。外との違いが気になるようなら、室内に明りをつけてしまえばいい。そうすれば、急造した暗がりは消えて、いつもの夜の感じが生れるのではなかろうか。

しかし、なぜそんなに急いで夜を作るのか。外出の仕度をするために早くから雨戸を引いたとも思えないし、同じ光景に重ねて出合ったことからみて、それはごく日常的な動作の一つであろう、と考えるのが自然の受け止め方であるに違いなかった。

かなり前のことであり、当時こちらはまだ六十代だったかもしれないのだから、その年上らしき男性がなぜそういう行動をとるのかが理解出来なかった。

ところがつい最近、こんなことを経験した。とりわけ何かを考えたわけではなかったが、ある夕暮れ近く、居間のガラス戸の外にシャッターを降ろした。一日が終ったのだから戸締りすべきだろう、と思ったのかもしれない。

ところが、もう戸締りをしたのか、と家の者に呆れられ、いくらなんでも早すぎる、と非難された。

言われてみれば、その通りである。苦笑しつつ、またシャッターを上げた。そしてベランダで戸を引いていた老人のことを思い出した。あの人も早くから夜を作ろうとしていたが、あれは穴にでもこもるように、安心して家の中の夜に身を埋めたいと望んだからではなかったか、と想像した。昔はそんなことを感じたり考えたりもしなかったのだから、これは年齢のせいかもしれない、とあらためて我が身を振り返った。

あの老人が求めていたのは夜そのものや単なる暗がりではなく、そこに身を浸すことによって生ずる安心感だろうと考えた。変化を要求する気分ではなく、安寧を求める気持ちがより強いのか。

実は静かな暗がりは、別の場所にもあるのだが――。

八十五歳、新たな区切り

年齢とは不思議なものである。それは数字であり、ある人の生れてから生きて来た時間の長さの年数表示である。

したがって、その数字は他人の歴史の表現であり、当人がどこまで歩いたかを示す里程標でもある、といえる。

面白いのは、自分が年齢を重ねるにつれ、その数字への反応が変化していくことだ。

たとえば、七十歳という年齢は、六十代から見れば傾斜が少し急になりかかる坂と目に映る。七十歳を前にして病を得た兄に対し、とりあえず七十代への坂を登るまではがんばろうよ、と励ました記憶がある。その声援は届かなかったが、しかし病気でもない限り、登り坂はまだ険しいとはいえまい。

しかしなんとか七十代を過ごし、八十代が前に見えてくると、体力は衰えて、息の乱れや心臓の働きが気にかかり、八十代への坂が険しいものに見えてくる。

それだからであろうか、八十の峠に立つと、これでなんとか老人の域に達したか、と一息つく感がある。

そこに着くまでが一苦労で息をつめていたためもあり、八十代に達すると、ようやくこれで〈老い〉の入口をくぐったか、と我が身を振り返る。

そして、ふと気がつくのだ。八十歳、八十代、とそれを一つの目処（めど）にしてここまで来たが、次の努力目標はどうなるのだろう、と。

ここまで到達したら、もう次の区切りは定めなくてもいいのではないか。八十という大きな区切りを過ぎた以上、更に先に重ねる年齢を区切ってそこまで生きる目標を定める必要はないのではあるまいか——。

七十代の頃は自分でもそう思ったし、既に八十代に達した歳上の人から、この先はもう一年、一年と年齢が先に延びていくだけで、目標となるようなくっきりした節目などありませんよ、との意見を聞いて、そういうものだろうな、と頷いたのを覚えている。

ところが、どうもそうではないらしい、と最近になって気がついた。

八十代にはいり、一年、二年と経つうちに、自分の内に八十五歳という年齢が、次の区切りとして生れていることを発見した。七十代と八十代との間には深い谷間があり、そこを越えるのは一仕事だ、との感触はあった。しかし八十代にはいってしまった後は、遥か遠くに九十代の標識がかすんで見えているだけだろう、と思っていたはずなのに、いつか次の到達目標が生れているらしいのだ。とりあえずは八十五歳というあたりに——。かつて想像していたように、この先はもう一年、一年、などと殊勝に考えようとする気配はどうも湧いてはこないようなのだ……。これは意地汚い、と考えるべきなのか、欲張り、と反省すべきなのか。

一方には、それにしても長く生きて来たのだな、と足を止めて我が身を振り返ってみることもないわけではない。

定期的に検査に訪れる病院などで渡される通知の書類に八十四歳〇ヶ月などと記入されているのを見て、ホントカヨ、と思わず声を発しそうになる。昭和十年代から二十年代にかけての戦中・戦後の子供の頃のことなど思い出せば、確かにあれは遥かに遠い遠い昔であったな、とあらためて感じざるを得ない。

今は、五年、十年といったこの先の年齢のまとめ買いは出来なくなったのか、と溜息をつく。バラで、一年、また一年としか先の年齢は手に入らない。としたら、今や目標設定より、足許からの積算に努めるべきか。

よろけることの恐ろしさ

どうしてこんなに身体のバランスが悪いのか、と我ながら呆れることがよくある。しゃがんで何かを拾おうとすると、頭の方が妙に重く、そのままつんのめってしまいそうになる。慌てて手をついて身体を支えねばならない。

歳を重ねたので脳がずんと重くなったのか、と考えたくなるほどだ。

しかし物忘れは激しく、勘違いも頻発するのだから、脳が充実して重くなった、などと想像するのがいかに実情を無視した話であるかは、当の本人が一番よく知っている。

外を歩く時も、よくよろける。家の中でもよろけることはあり、廊下の曲り角で柱にぶつかったり、扉に顔が当りそうになったりするのは珍しいことではない。

しかし屋内の場合は速度も出ていないし、何かにぶつかっても、尻餅をついても、さしたる怪我はせずにすむ。ただ、敷いてあったふとんに躓いて転び、足の骨を痛めた、などと聞くと、家の中も気をつけねばならない、と動きが慎重になったりする。

戸外に出ると、身の動きは家の中よりやや大きく早くなり、これで何かに当ったり道に転んだりしたら大変だぞ、と自分に呼びかけて用心する。

家人とともに外を歩く時、下駄履きで躓くと、爪先がしっかり上っていないからだ、と注意される。

それを聞くと、なんという楽天的な見解であるか、と感心してしまう。爪先などにいくら気をつけても、重心がはずれるからよろけそうになるのであり、これは歩き方の問題ではなく、基本的には身体の重心のとり方がうまくいかぬことに起因する、と反論したいところだが、そんな抗弁に夢中になって転んだりしたらもっと大変だ、と悟って注意は受け入れた振りをする。

それにしても、転ぶところまではいかぬにしても、よろけながらはっとしてこらえ、もしこれが高い場所であったりしたらそのまま墜落して大変な事態になったかもしれない、と想像してぞっとすることがある。つまり、なにげなく過している我が日常は、そんなふうな危険の連続の上に成り立っているのだ、とあらためて気づく。

たとえば、こういうこともある。道を歩いている時、後ろから走って来る自転車が恐ろしい。いつからか、自転車が歩道を走るようになったので歩いているこちらの肩すれすれを、空気を押しつけるようにして自転車が走り抜けて行く。風圧が感じられて恐怖を覚える。こちらがもしよろけて横に傾くようなことが起れば、自転車は激しい勢いで背後からぶつかって来るに違いない、と想像してぞっとする。あのスピードではブレーキをかけても自転車は止れないだろう。昔は歩行者が注意するように自転車がベルを鳴らして警告したものだったが、最近はそんな自転車にはほとんど出会わない。ただ風圧を感じさせて肩すれすれを走り去る。特に若い男性の乗る自転車が恐ろしい。

自転車には限らない。プラットホームに入って来る電車も恐ろしい。危険ですので黄色い線の内側までお下りください、とアナウンスはあるけれど、それでは下り方が足りないのではないか、と恐れる。プラットホームに立って電車を待つこちらが、もしよろけて線路側に踏み出したり、前に向けて倒れたりしたら、ホームからはみ出した頭部は電車にぶつかってしまうに違いない。自分の身長をプラットホームの上に投影し、思わず後退(あとじさ)りする。

自転車も怖ければ、電車も恐ろしい。老人には、身の回りに常によろけられるだけの幅が必要なのである。

浴槽から日常への帰還

少し前、一人で仕事がらみの短い旅に出た。泊ったのは、ある駅に近いビジネスホテル風の宿だった。ゆとりはないがこぢんまりと整えられた一室に落着くことが出来た。

寒い日だったので、寝る前に洋式の浴槽に熱めの湯をたっぷり入れ、その中につかって身体を温めようとした。

湯が浴槽に溜るまでは何事も起らなかった。

衣服を脱ぎ、片脚ずつそろそろと湯の中に入れるまでは何事も起らなかった。

細長い浴槽に横たわり、湯の温かさを存分に味う間もまだ特別のことにはぶつからなかった。

ことが起きたのは、身体を洗ってから浴槽の栓を抜き、立ち上ってシャワーで石鹸を流そうとした時だった。変事が突発したわけではない。ただ湯のなくなりかけた浴槽の中に立ち上ろうとしただけだった。

はじめは、なにか冗談ごとにぶつかったかのようだった。浴槽の中に立つことが出来ない事態が発生していることに気がついた。こんな筈はない、と最初は本人もその事態を信じ難かった。

しかし浴室の壁にそって置かれた浴槽のまわりはどこにも手をかけられるような凸凹などなく、ただつるりとした白い壁面があるだけだ。

浴槽の低い縁を摑んでみたり、底を掌で撫でてみたりするうちに、何が起ったかの輪郭がようやく摑めるに至った。湯につかろうとした自分が、立つ時のことを考えもせずにしゃがんでしまっていたことに初めて気がついた。

平たい場所にしゃがむ時には、立ち上る際に手をかけて身を支えるものがなければ、なんとも身体が持ち上らぬことは十分に承知している筈だった。だから、しゃがむ必要が生じた場合には、次に立つために手をかけられるものを近くに探すクセがついているつもりだった。

にもかかわらず、浅い浴槽に身を入れるのと、地面にしゃがみこむのとが同じ動作だ、とは考えていなかった。

なんとかして立とうとしても腰が痛く、摑まるものがなければ身体が持ち上らないのである。浴槽の縁は低過ぎて身を支えるタスケにはならず、壁は無表情にただそこにあるだけで裸の老人など相手にしてくれない。浴槽に接した洗面台の縁に手をかけることを思いついたが、ようやく半分ほど身を持ち上げた時、そこを越せば、という直前で身を支えきれずにまたしゃがみこんでしまう。なぜか、身の重さより、地球の重さ、引力とでもいったものがより強く感じられた。

浴槽の底が滑るために力がはいらぬのだ、と考えて湯を完全に抜こうとしたり、タオルを底に敷いてみたり、と思いつく限りのチエを絞っていろいろ試みるのだが、どれもうまくいかない。

虫みたいだ、と思った。地面に仰向けに転がったまま、寝返りも打てず、起き上ることも叶わずに踠いているカナブンの姿が目に浮かんだ。裸の人間はそんな虫よりもっと醜いぞ、と思ったり、カフカの小説の中の虫はこんなふうに濡れて踠いたりしなかったな、と考える。

どれほどの時間、そうして空の浴槽の中で闘っていたかはわからない。誰かに助けを求めることも頭を掠めたが、まだ事態はそこまで深刻ではない、と自らにいいきかせて自己救済の努力を続けた。

何を試みた拍子であったかその身体が偶然、浴槽の中に立ち上ることに成功した。こわごわ浴槽の縁をまたいだ。日常に帰還することに成功した自分を、心から祝福した。

歩くことの意味

歩くことについて、特に何か感じたり、考えたりするようになったのは、いつ頃からだったろう。

覚えている最初の記憶として、中学生になって少し経った息子と久しぶりに二人で外出した折のことがある。息子の歩みが速いので、急がずにゆっくり歩けと文句を言うと、自分は普通に歩いているだけで少しも急いではいない、と反論された。そうだとしたら、気がつかぬうちにこちらの足の運びが遅くなったのか、と疑わざるを得なかった。同じようなことが重なると、こちらの足の動きが明らかに緩慢になったのだ、との自覚が生れた。つまり、自分の歩き方が気にかかるようになった。家を出て少し歩くと、同じ方向に足を運ぶ人々に次々と追い抜かれることが多くなった。若い男性に追い抜かれるのはまだ仕方がないとしても、やがて女性にも次々と抜かれるようになる。似た年輩の友人知人との間にも、この種の体験を苦笑まじりに語り合う機会が著しく増えた。

最初は面白がっていたその話題にも熱がはいらなくなるのは、若い人達に追い抜かれるのは仕方がない、とこちらが諦めてしまったからかもしれない。それでも、理屈だけはなんとかこねまわそうとする。——カレラはどこかに行こうとして歩いているのであり、歩行はただ移動の手段であるに過ぎない。

それに対してこちらは、主として散歩の折など、移動はさほど重視しておらず、歩行そのものの楽しさを味わっているのであり、周囲の風景や幼児を乗せた母親の自転車の走る影、学校帰りの小学生達の遊びながらの歩く姿などを眺めて楽しんでいる。つまり、こちらにとって歩行は、歩くこと自体を味わおうとする営みであるのだ、と。

そんなふうに開きなおると後ろから来た人に追い抜かれてもさほど気にかからなく

なる。そこにあるのは二つの別種の世界なのだから。

ある夕暮れ、そんなことを考えながら家の近くを歩いていると、いつものようにしきりに人に追い抜かれる。顔見知りの人であれば、コンニチワとか、オサンポデスカ、などと声をかけられる。

そんな時、ふと思う。忙しげなあの人達は、オリンピックの聖火ランナーみたいなものなのだ、と。一日の暮しの中の崇高な目的を果すためにしっかりした足取りで道を蹴って進んでいくのだ、と。

それに対してこちらは、歩くこと自体を目的として足を動かしているに過ぎない。だから、ランナーに掲げられた走る火ではなく、いわば動かずにじっと燃えている灯明に似た火なのではないか。それぞれの火にはそれぞれの目的があるのだから、他を気にしないでひたすら燃焼すればいいのだ、と——。

自分に言いきかせるようにしながら足を運んでいる時、ひとりの中年女性をこちらが追い抜きかけているのに気がついて驚いた。

灰色のコートの肩に大きなショルダーバッグ、片手には重そうな紙の提げ袋、そしてもう一方の手にはふくらんだビニール袋――。大変な荷物を抱えて懸命に歩いている姿を見ると、身のほどもわきまえずに、持ちましょうか、と思わず声をかけたくなるほどだった。

追い抜くほどの速度の差はないまま、いつまでも道の反対側を併進するその人に、なぜか感謝の念のようなものが湧くのを覚えた。あの感情が何であったのかは自分でも未だによくわからない。

Ⅲ　降りることへの恐れ

次に風呂を直すのは誰

風呂がこわれた。ガスのスイッチを入れても点火しなくなった。

寒い季節なので、湯につかって身体を温めることが出来なくなると、夜寝ることも難しくなりそうで困惑した。

子供の頃、昭和十年代には薪や石炭で風呂を沸かしていたと思うのだが、当時は毎日は沸かさず、一日おきとか、一週間に二回とか、日を決めて入浴していたように覚えている。

真冬、冷えた身体のまま冷たいふとんにはいる際の苦痛は、今思い出しても恐ろしい。その折の恐怖や苦痛が、風呂の故障とともに生々しく蘇って来た。

ガス会社に電話を入れて修理を頼むと、程なくしてサービスマンらしき人が具合を見に来てくれた。

設備はどこにあるか、と訊かれたので、家の裏手に当る外壁の前まで案内した。馴れた手付きで機器のカヴァーのネジ釘を廻してカヴァーを外し、機器のどこかを調べた彼は頷いた。

――もう、十三年使っていますね。

その歳月の長さが、どすんと音をたてるかのように腹の底に落ちて来た。古くなった家を解体して現在の家屋に建て直してから、それだけの月日が過ぎている。

今故障した機器に手を入れて修理しても、それで前と同じようにしばらくは使える、といった保証はない。なにしろ十三年も使っている機器なのだから、と彼は繰り返した。

この種の機器の寿命は幾年くらいのものか、と訊ねた。このくらい、十数年程度のものでしょう、というのが答えだった。そこにはガス工事の会社で働く人としては当然の、新しい機器をこの際販売しようとする意図も働いていたかもしれない。
たとえそうだとしても、十三年という歳月の長さが身の底に落ちて来た感じには、切実なものがあった。

風呂の機器に限らない。家のあちこちに小さな不具合が現れるようになってからもう数年は経つ。家を建て直してから過ぎた歳月を考えれば、止むを得ぬと受け入れざるを得ない故障である。仕方がない、と諦めて最小限の手当を加えなんとか過している。

それが風呂の設備という形で発生し、しかも機器の寿命が尽きかけている、と宣告されると、十三年という時の長さが圧倒的なものとして感じられた。

そして次に頭に浮かんだのは、ここで新しく機器を取り替えたとして、それがまた任務を全うした時、自分はもうここには居ないのではないか、という推測だった。次の機器の交換は次の生命の仕事となるだろう、と——。

十三年がもし、二十代から三十代、あるいは五十代から六十代にかけての十三年であったなら、それはまだ次へ次へと先に送られていくものとして自然に受け入れられることだろう。しかし、八十代の半ばから十三年過ぎれば九十代の後半に達してしまう計算となる。二〇二〇年のオリンピックやパラリンピックの話題が賑々しく論じられたりする度に、ふと、そのときオレはまだ居るかな、と冗談めかして想像したりすることがある。

自分がいなければどうなってもよい、などと思うわけではないけれど、臨場感とか、現実感とかいうものに違いはありそうな気がする。

夜更けに風呂にはいり、温かな湯で身体をほぐしながら、しかし冬の入浴は年寄りは気をつけねば、とヒート・ショックの警告を思い出したりする。

年を取ってからの「待ち」

どこへも出かけないような日は、ふと気づくと玄関から一歩も外へ出ぬまま一日が終ってしまうことが間々ある。少くとも散歩くらいの運動は毎日したほうがいい、との医師の忠告に従って、夕暮れ前に短時間の外歩きを実行するようになってから、もう二十年以上も経つ。さすがに習慣となり、今では多少の雨降りでも傘をさして出かけるようになった。

冬場は日が落ちると寒いので、夕刻前に歩くように努めている。しかし仕事の都合などでそうもいかぬ時がある。すると駅の近くのスーパーマーケットなどに買物に行く家人と一緒に出かけるようなケースが発生する。食料品が主役となる買物なのだから、一緒に出かけて野菜や果物など重そうな品を持ち帰る手助けをすれば、多少は家事の手伝いをしたことになり点数が稼げるか、などと計算する。

いざ目的先に着いて買物が始ると、こちらはもう何の役にもたたない。歩くことが目的で出て来たのだから、今のうちにこの近くを歩いてくればいい、とすすめられる。しかし買物を持ち帰るために先を区切られた散歩など、あまり気がすすまない。待っているから早く買物を済ませろよ、と告げてこちらは地下の食品売場から上って来るエスカレーターの着く地点で待つことにする。そこに十人以上も坐れそうな円形のソファーがあるからだ。特別坐り心地が良いわけではないけれど、木材が剝き出しの作りではなく、一応は布張りのものであるために坐ってみたくなる。地下から重そうな買物のビニール袋を提げて上って来る連れを待つ。その時間は、こちらが見当をつけた長さより遥かに長い。他にすることもないので、ああ、俺は待っているのだなと考える。

最初のうちはそう考えながらも、こちらと似たような立場の人かと思われる老人が立ったり坐ったりを繰り返す様をぼんやり眺めたり、小さな姉と幼い弟が子供達だけで買物に来ているらしいのだが、彼等の交す言葉がどこかアジア系の外国語らしいのに気づいたりする。やがてタイ焼き屋のカウンターから手招きされた二人はそちらに駆け去って行く。――それでも、まだ同行者は地下から上って来ない。仕方がないので、まだ待っている。

ある夏の夕暮れ、散歩帰りに疲れたのでこのソファーで休んだことがあったな、と思い出す。ところが、少し休んだ後で立とうとしたら、下半身の力が抜けてどうにも立てない。仕方がないので更に待って様子をうかがいつつ、なんとか立ち上って家に辿りついたことがあった。念のため病院で検査してもらったが、幸いにとりわけ異常は発見されなかった。あの時はこのソファーでしばらく待って、体力の恢復(かいふく)が訪れたからこそ立てるようになったのか、と想像する。

このソファーには限らない。どこか温泉地に家族旅行に出かけた時も、土産物を買うという家族と別れてその商店街の道に出されたベンチに腰かけ、買物の済むのをぼんやり待っていた記憶がある。買物が嫌いというわけではないのだが、なんとなく、いつも待つ側に坐っている自分がいるのに気づく。

随分長いこと、待つのを続けて来たのだな、と考える。若い頃の待つ気分は密度が濃く、常に焦りを伴うようなところがあった。年を取ってからの「待ち」は、どこか気が抜けている。生涯の待ち時間を積算したらどれほどの長さか。——何も待たなくなったら、人はどうなるのか。

「高齢者」には終りがない

少し前、高齢者の年齢は幾歳ぐらいと考えるべきかについて、論議が交されたとの新聞記事を読んだ。現在の六十五歳以上との扱いは実情に合わぬのではないか、といった論議であったかもしれない。手もとにその記事がないので正確ではないが、六十五歳を超えてもまだ多くの人は元気であり、高齢者との呼び方がふさわしいのは、七十五歳から上の人ではないか、といった意見が出されたと報告する記事であった。

これは単なる呼び方の問題ではなく、医療制度、医療保険や年金にもからむ面のある問題である。

かつて、後期高齢者医療制度が生れた時、七十五歳に達した者はそれまで加入していた健康保険組合などから追い出され、後期高齢者医療広域連合なるものに移らねばならぬことがあった。

その頃、後期高齢者という呼び方が論議となった。七十五歳以上が後期なら、八十五歳以上になれば末期高齢者なのか、などと——。

更にもう一段前の区切りには、定年の六十歳がある。一緒に仕事をして来た編集者の人達などに、定年に達したためこの春会社を辞める、などと知らされて驚いたことは二度、三度とある。経験豊富であり、今が働き盛りとの印象を受けていたような人に、定年退職の挨拶をされたりすると、ガクゼンとする。次にどんな腕を見せてくれるか、と楽しみにしていたような人が年齢で区切られ、職場を去ってしまうのは、なんとも勿体（もったい）ない。最近は定年延長により多少年齢の幅は広がったようではあるが、しかし六十歳の区切りは当事者に影を落している気がする。

六十歳定年の制度は実情に合わない。また六十五歳以上を高齢者と呼ぶのは実情に即しない、とするのが多くの人の実感なのではあるまいか。平均寿命が延び、老化を防ぎ健康を保つ人が多くなったのだから、これはごく自然な感じ方であるに違いない。

そんなことを考えつつ、自分と似たような年齢の人達と話すうちに、ふとおかしなことに気がついた。

赤ん坊、幼児、子供、少年、少女、青年、壮年や中年、と人間には年齢による区分があり、いずれの時期にもそれなりの上限がある。赤ん坊はゼロ歳を脱するあたり、幼児は四、五歳までか。十歳になればもう幼児とは呼ばない。同様に二十歳は、法律上は別として少年少女ではないだろう。つまり、その呼ばれ方の枠を卒業する年齢に達した時には、次の呼び名が待っていてくれる。つまり、呼ばれ方が変っていく過程が、成長というプロセスそのものであるに違いない。

しかし、老年、高齢者まで進むと、その次の年齢層を示す呼称はない。後期高齢者が末期高齢者に辿り着くことがあったとしても、高齢者の枠からは出られない。その先に進むのは、もう年齢が動かなくなってしまう人だけだ。

つまり、老人には、ここまでと年齢で定められた終りがない。少年、少女が自らの枠を越えて次の領域に進むのと同じような、待ってくれている枠がない。老人はどこまでいっても老人のままであり、前期、後期、などという便宜的な区切りがあったとしても、老人は本質的に老人そのままである。生きている限り老人の枠から外に出られないとしたら、この枠をどう充実させていくかは、高齢者に課せられた重い宿題である。

老いと病いは車の両輪

七十代の半ばを過ぎた頃から、病院に通う機会が俄に多くなった。

それまでは年に一回、定期健診を受けるためにクリニックに出かける程度であったのに、七十代にやや大きな手術を受けた後は、数か月毎に予後の検査を受ける必要が発生した。

それをきっかけのようにして幾つかの不具合が他の部位にも続発し、複数の病院を訪れるようになった。

父も母も老後は入院生活が多かったので見舞いに行く機会は少なからずあり、その折に病院で体験したり、発見したりすることは種々あった。

たとえばある時はエレベーターに乗り間違えて院内で迷い、見当をつけて廊下を辿るうちに他とは雰囲気の違う区画にはいりこんだらしいことに気がついた。なんとなくあたりの光の色や空気が他とは違い、柔らかな感じを受けた。何科の病棟なのかとあたりを見廻し、そこが産院の廊下であることに気がついた。病院とは病気の人が来る所とばかり考えていたのに、新しい生命が誕生する場でもあるのだ、と教えられた。

また、別の病院の外科病棟では、スキーででも足を傷めたらしい若い患者を囲む似たような歳頃の人々が集り、松葉杖(まつばづえ)をついた退院間近と思われる患者を囲んで陽気に語り合っている光景にも出合った。通りかかった若い女性の看護師に注意でもされるかと思ったが、度々の見舞いで顔馴染であるのか、看護師は明るい言葉を交しただけで歩み去るのが見えた。

いずれもが自分の中にある病院のイメージとは異なる出合いであり、忘れられぬものとして記憶に残った。それを発見のようにして文章に綴(つづ)ったこともあった。

ところが昨今は、その頃に比べて病院を訪れる回数は遥かに増しているのに、そういった発見には全く出合えなくなった。ひとつには、自分の通う場所が限られており、患者のほとんどが高齢者かその予備軍に占められているためではないか、と想像される。

出産は新しい生命の誕生であるから、一般の入院患者とは異なる人々が産院にいるのは当然である。また若い患者が抱える肉体の故障は、そこから脱出すべきもの、すぐに過ぎ去るアクシデントの如きものとして見られる場合が多いだろう。しかし年寄りの病気や怪我は、特別の出来事というよりむしろ日常の中に住みついているかのようである。

若くして深刻な病いに冒される場合もあることを考えれば、若い人々の病いには偶然の傾向が強く、老人の場合には必然の色合いが濃い、などと単純に比較することは出来ない。誰もが自分の病いとは正面から向き合わねばならない。

その上での話だが、高齢者が我が身に引き受けねばならぬ病気の姿は、自らが若い頃に出合ったものとは別種の顔をしている。

若い頃の病気は、治るべきもの、乗り越えが可能なものとして自分の前にあった。

ところが老いてからの病気は治すべきものである前に、とりあえず病状の進行を食い止めるべきものとして現れる。老いと病いは車の両輪の如く一対のものとして出現する。

若い頃の病いがやがて乗り越えるべきもの、そこから脱出すべきものとしてあったとしたら、老いた後の病いは共生すべきもの、同行すべきものとして考えるしかない。

朝起きて新しい一日を迎える時、同行者の顔をそっと窺う毎日である。

降りることへの恐れ

子供の頃から、自分が高所恐怖症である、と感じたことはない。むしろ高い所を好む傾向があったような気がする。だから、たとえば木に登るのは好きだった。

小学生の頃まで住んでいた借家の狭い庭に、一本の広葉樹があった。ほかはみな丈が低いのに、その一本だけは幹も太く丈も高く、梢は二階の屋根を越えていた。二階の床より少し高いあたりに太い枝が二、三本横に広がる場所があり、そこから眺めると二階の廊下は目の下であり、歩く兄の姿が小さく見えた。

そのことを告げて自慢すると四つ歳上の兄から、お前はバカとケムリは高昇りするといわれているのを知らないのかと言い返された。確かに煙は上に向うのだから、高い所を好む奴は煙に似ているのかもしれないな、と妙に感心したのを覚えている。口惜しくはあっても、それで木に登りたいという欲求は衰えもしなければ、止みもしなかった。高みから見下す地面の眺め、その視覚に映る新鮮な像のもつ魅力にひかれ続けた。

ところが大人になるにつれ、前のようには木登りに関心を覚えなくなった。

体力の衰えは大きな原因である。途中に枝のない太い幹だけの木に、抱きつくようにして両手両足を絡めて登っていく作業は困難となる。降りる時の苦労も計算に入れてかからねばならぬ。総じて、子供の頃のように煙と一緒になって高くへ登っては行けない状態に変っている。

そして何が起ったか――。

降りることへの心配、落ちることへの恐怖が著しく育っている。高い所への望み、新しい眺めへの欲求のかわりに、転落への恐怖、落下への心配が肥大化している。

木登りは、日常という地表からの上昇とやがての降下が手続きとして考えられるのに対し、落下は日常からの追放であり、事故であり、生活の剥奪となりかねない。
しかし特別の変化が起ったわけではない。木に登って少しでも高い所から下界を眺めることに喜びと楽しみを見出していた子供が、いつか段差の高い階段や急な斜面に恐怖を覚えるように変った、というだけの話である。つまり、歳を重ね、老いたのである。

数年前のこと、ある歴史のある土地を訪ね、用を済ませて帰路に着く前、名刹を訪れる機会に恵まれた。

タクシーに乗ってその寺院の下に出ると、坂を登るのが大変だから、少し遠廻りにはなるがお寺の本堂近くまで車で登ったほうがよい、と運転手にすすめられた。その言葉に従って山の高みまで車で運ばれ、堂々たる構えの本堂の前に立つことが出来た。少し境内を歩いた後、立ち去ることにして、帰りは車で登った坂ではなく別のルートを歩いて降りよう、と考えた。

木々の葉が両側から重くかさなる場所に出ると、思ったとおり、そこに広い階段があった。下の方には車で通ったらしい道路が見えた。そこを降りるのがよい、と判断した。

しかし、その幅広いがっしりした石の階段には、手摺というものが一切見当らなかった。しかも、重厚な石の階段はかなりの段差がある。昇り降りする人の姿もなく、ただ降りる途中の石段に腰をおろし、肩を寄せ合い話す若い男女の後影が見えるだけだ。摑まるものの一切無いその石の段の重なる高みは、厳かではあったが恐怖に満ちていた。途中で段を踏み外し、一気に転落していく自らの姿が見えた。登る・降りるは高低の変化だが、人の年齢にもどこか通じるところがあるのかもしれないと思った。

散歩の変容

健康法として、何か実行しているものがありますか、とよく訊ねられる。とりわけ、これ、と言えるようなものはありません、と答える。あえてあげれば、散歩かな、とつけ加える。

散歩ですか。つまらなそうな表情を浮かべた相手は、頷きながら離れていく。散歩なるものが、健康法の一つに数えられるのか否かはわからない。

五十代にかかって間もないある年、健康診断を受けると医師から、血糖値が高い、と告げられた。放置しておくのはよくないので、薬を飲むか、運動するかを選んで決めろ、と告げられた。

直ちに、運動する、と答えた。薬は人工的なモノであり散歩はより自然な動きであるように思われた。

決意して実行した、というほどのことでもないのに、一日に一度は散歩する、と決めて実行するうち、いつかそれはクセになった。これは運動なのだ、と意識したりはしないのだが、日に一度は外を歩かないと気分が澱んでしまう自分を発見した。薬を飲むかわりに始めた運動としての散歩であったはずなのに、それはいつか精神的な働きをもつ身体の動きへと変化したようだった。

としたら、気分がゆったり解き放たれねばならぬのだから、歩く速度とか姿勢とか腕の動きなどは問題にならない。何よりも気ままに、のんびり、ゆったり、心の赴くままに歩けばよい。

そう考えて、寒くない季節には、素足に下駄をつっかけカラン、コロンと音をたてて歩くようになった。小さな子供が不思議そうな顔をして、こちらの足許を見つめるケースにも間々ぶつかった。

散歩の効果が血糖値にいかなる影響を与えるか、などといったことも、いつか忘れ去るに至った。それよりも、今履いている下駄の歯がすり減ってしまったら、次の下駄をどこで買えばよいか、のほうが心配だった。

そんな散歩が、かれこれ三十余年も続いていることになる。重い病いにかかることもなくこれだけの歳月を過せたのだから、一日一回の散歩の励行は生命の維持に貢献している、とはいえまいか。

しかし、その健康法の実践にも、昨今、いささかの変化が生じていることに気がついた。歩く時間が次第に短くなり、その範囲が著しく縮まっている。

かつては電車の踏切を渡って線路の反対側に出てから長い坂を下り、その先にある小さな川のほとりまで歩くことをさほどの運動とも思っていなかったのに、今はその半分も歩けば大作業をこなした気分に襲われる。

つい先日の夕刻、気紛(まぐ)れにふと長い坂を下ってみようと思った。下降も膝に響くようで楽ではなかったが、大変なのは帰りの登りだった。石垣や煉瓦(れんが)を積み上げたような壁面に挟まれた傾斜の強い道を、摑まるものもなく登ることは容易ではない。このまま帰れなくなるのではないか、という恐怖が足許から這い上がって来る。タクシーを坂の下に呼べるだろうか、と本気で考えもした。

斜面に建つ寺の土塀に手摺りがつけられていたかもしれぬと思い出し、そこまで遠廻りしてようやく手摺りを発見した。後から登って来る長身の若者に追い抜かれたが、ガードレールの外側を一気に登る彼は機械のように逞しい感じだった。

散歩が健康法の一つであるか否かは別として、それが体力測定の貴重な機会であることをあらためて教えられた。

朝訪れる優しい時間の環

子供の頃から朝は苦手だった。ヨイッパリで夜遅くまで起きているのは平気だったが、朝早く寝床から出ねばならぬのは辛かった。

中・高生の頃は仕方がなかったが、大学生になると午前中の早い講義にはほとんど出席しなかった。

就職してからの二十代、三十代の会社員時代、よく遅刻も重ねずに通勤し続けたものだ、と我ながら感心する。

三十代の後半に会社勤めをやめて文筆生活にはいると、たちまち暮しは夜型となった。家族が寝静まった深夜になるとようやく調子が出て本格的に仕事が始まる。そして外が明るくなり、窓越しに小鳥の鳴き声が聞える頃になって、ようやく寝につく生活に身を浸すに至った。それが四十年近くも続いたろうか。

ところが、七十代の半ば頃から、次第に深夜の仕事が辛くなった。万年筆の字が乱れたり、行がずれたりして、うまく書き進めなくなった。また、夜が明けてから寝ようとしてもうまく眠れず、すぐ目が覚める。

止むを得ず、夜の十二時過ぎに寝て、朝は九時頃に起き出す昼型の生活に移行したわけである。

そして最近になって、ふと気のついたことがある。

朝――といっても九時近くにはなっているのだが、目を覚して起き出す頃、短いけれど不思議な時間が訪れるようになった。八十代にかかって少し経った頃からであろうか。

――もう起きねばならぬ、と考え、ベッドに坐って足を床に垂らした時、なにやらとりわけ柔らかな空気、優しい時間の環(わ)の如きものに取り巻かれている自分を発見する。

室内はまだ朝を拒んで薄暗く、カーテンの隙間から辛うじて光がはいって来るほどの明るさしかない。その中に、穏やかな光にぼうと包まれたような時間が訪れる。いつもとは限らぬのだが、どうやらその中には、自分の子供の頃の空気が運び込まれているように感じられる。はっきりと、ああ、これ、と示せるような輪郭を持つものではない。しかし幼い頃の記憶の断片とでもいったものが、その不思議な時間の中に漂っている。たとえばそれは、近くの医院帰りに背負われてしがみついている、雨の日の母親の背中であったり、祖母と共に狭い庭で花壇を作った夕暮れの土のひんやりした感触、兄の机の引出しをあけた時のつんと鼻をつく匂いであったりする。

そして自然に思い当る。両親にせよ、祖母にせよ、兄にせよ、自分より歳上の家族は皆いなくなってしまったな、と。

そのことをその時は激しく思うわけではない。そういった人々の不在は自然なのだ、と納得しているからだろう。年齢の順に、老いた者から先に去って行くというのは、自然であると同時に、幸いなことでもあるのだろう。親が子の供養をせねばならぬといった事態が、戦乱をはじめとする今日の世界には溢れていることを思えば、先行者の不在を自然のものとして受け入れられることは、それなりに恵まれた事態であるのかもしれない。そして薄明の中で、そのような歪みや欠落の含まれない、不思議に自足した空気のたたえられた時間の環が我が身の中に生れている。

ベッドからパジャマの両足を床に垂らし、薄暗がりの中でぼんやりしている自分に気づき、これが年を取った者の朝か、と認識し、反省し、自戒し、納得し、そっと立ち上る。まわりにあった穏やかな時間の環は崩れ、少しずつ日常の光が近づいて来る。腰は大丈夫か、膝は痛まぬか、よろけたりはしないか——。

古い咽喉の苦い記憶

球形の小さな食べ物を見ると、怖くなることがある。以前はとりわけ恐怖を覚えたりしなかったのだから、これは年齢のせいかもしれぬ、と考えるようになった。

小さな丸い食べ物とは、たとえばプチトマトであり、粒の大きな葡萄の実であり、飴玉であったりする。

そして恐怖の原因は、どうやら自分の子供の頃の体験に根差しているらしい。

それが怖いのは、当の球形の食べ物が、嚙む前につるりと咽喉にはいり、途中で詰ったまま上へも下へも動かなくなる事態を想像するからだ。

ただ想像するだけではない。小学校にはいるかはいらぬかの頃、頬張っていた飴玉がふと咽喉に詰り、息が出来なくなって苦しかった記憶が、今も鮮明に残っているからだ。なぜかその時近くに大人がいなかったので、誰かから叱られたり注意されたりしなかったのだが、突然に襲われた呼吸の出来ぬ苦しさと驚きは容易に消えず、未だに生々しく身の底に残っている。

似たような出来事といえば、こちらは丸いものではなかったが、食べていた餅が咽喉に詰って、慌てたこともあった。身体の他の部位が痛んだり、動かなくなったりするのとは違い、ただ呼吸だけがとめられる苦しみには、なにか特別の恐怖がある。

様々の失敗を重ね、多くのことを学んで成長して来たが、大人に教えられたり叱られたりして身についたのではない、いわば独学・自習によって得た知識は、教えられたものよりはるかに深く身に刻まれているように思われる。

飲むといえば、食品の他にも気にかかるものとして、薬がある。こちらは咽喉に詰るとか詰らぬではなく、飲むこと自体に苦痛の伴うケースが多かった。

小学校低学年の一時期、自家中毒に苦しんだ。激しい中毒症状におちいって入院した後、定期的のように中毒の起る癖がついて苦しんだ。それを治療するために、親が誰かから漢方の老医師の話を聞いて来た。名医であって、良く効く薬を処方してくれるという。

母に連れられて医院を訪れ、なにやら煎じ薬らしきものをもらって帰った。早速、ヤカンで煎じて作った黒ずんだその薬は、驚くほどまずかった。口に含むとその苦さと匂いが耐え難く、吐き出すか、目をつぶって飲み込んでしまうかしかないほどの強烈な味をもつ薬だった。よくもあの苦い薬を飲み続けたものだ、と後に母親から感心されたのだが、定期的に発生する自家中毒の嘔吐（おうと）の症状が耐え難く、それを逃れるために、子供なりに必死だったのだろう。

一緒に暮していた祖母も、しきりに薬を飲んでいた。茶色がかった粉末だが、あれはいかなる種類の薬だったのだろう。祖母は瓶からすくい出した粉薬を円形の半透明の薄い紙の中央に置き、それをくるくるとまるめてから端を少しなめて封をした後、舌の中央にのせて茶碗（ちゃわん）のお湯で飲み下していた。半透明の紙はオブラートと呼ばれるもので、胃にはいると溶けてしまうのだ、と教えられた。

最近の薬は錠剤が多いようだが、サプリメント類にはカプセル入りのものが少くない。

そしてそのカプセルが、プチトマトや葡萄の実より小さいのに、なぜか飲み下しにくくなった。咽喉に詰りそうで怖いのだ。こちらの咽喉が細くなったか、飲み下す力が弱くなったか、と心配する。

目をつぶって多くのものを飲み込んで来た古い咽喉は、今や子供の咽喉より更に狭く細くなってしまったか――。

転倒し痛めた歯

八月初旬の蒸し暑い夕刻、日課の散歩の帰りに我が家の前の路地まで戻って来たところで、つんのめるように転倒した。

暑さが続く中、都心へ出かける用が重さなったりして、疲れがたまっていたらしい。下駄履きの足の運びが次第に遅れがちになり、上体が前に傾くのに追いつかぬ恐れを感じた。危いな、と慌てて二、三歩足を進めたつもりだったが間に合わず、アスファルトの剝がれかかった路面に前のめりに倒れた。

右顔面を強打して眼の横に切り傷、上体を支えようとしたらしい両掌の下部に打ち傷、右手親指の爪が剝がれかけたか内側に黒々と出血し、衝撃でふっとんだ眼鏡はつるがよじれ無理にかけようとすると、レンズが縦に二つ並んでしまう始末。

　衝撃は受けたものの、特別の痛みは感じなかったので、道に脚を伸ばしたまま横たわる状態からなんとか立ち上ろうと焦った。

　これはベッドではなく畳に敷かれたふとんから立ち上るのと同じ苦労なのだと考えてまず上体を起し、ついで両膝を揃えるようにしてアスファルトの上に正座する姿勢をとり、そこから片膝を立てて上体を引き上げようとした。車の走るような道路ではなくすぐ目の前に我が家の門扉がある場所なのが幸いだった。扉の柵につかまって、なんとか立ち上ることに成功した。

　足腰は打たなかったので、とりあえず自宅の玄関まで辿り着いた。

　驚く家人に、心配するほどのことではないと告げ、外傷は水で洗い流してそのまま乾かすことにした。

　傷のほとんどはやがて厚みのあるカサブタに変じ、赤黒い盛り上りを見せて口を閉じた。

ショックを受けたのは、左右の奥歯の嚙み合わせが痛みのためにほとんど不可能となったことだった。奥歯のすべてが剝き出しの神経の束にでも変じたかのようで、それを嚙み合わせようとすると思わず声が洩れるほどの激痛に襲われた。

親しい歯科医に相談し、骨が傷んでいると困るから、との忠告を受けて脳神経外科の医院でCTの検査を受けたが、幸いに顎の骨に特別の異常は認められなかった。衝撃で顎骨が外れかけたのかもしれないが、時が経てば次第に収まるだろうとの診断にほっと一息ついた。

痛みは次第に弱くなり、柔らかな物であれば奥歯でもそっと嚙めるほどまでに恢復した。

そしてその後半月ほどの間に、様々なことを考えた。

もしこのまま奥歯でものを嚙むことが出来なくなってしまったら——と。そのような能力の欠落した老人として、自分は残りの日々を過さねばならない。口惜しくても奥歯は嚙み締められない。

しかし、顎の痛みのやや収まりかけたところで振り返ってみれば、現在の口腔(こうこう)の不快のほとんどは、転倒する前から引きずっているものでもあったのに気づく。口内炎はいつまでも治らないし、咽喉も腫れている感じがするし、奥歯の噛み合わせについても、痛みこそ感じなかったものの左右の耳の奥でコキコキと何かが小さく鳴っているように思われる。

としたら、転倒したために新しい異常が一気に発生したのではなく、むしろ日常的な小さな異常や不具合が堆積（たいせき）した結果、それが暴発して転倒に至ったのかもしれぬ、と想像した。

つまり、転倒は新しい不具合の原因を作ったというより、これまでの故障の表現として必然の結果として与えられたのかもしれなかった。

薙ぎ倒したたかな力

先日、朝食のテーブルで、ヨーグルトを入れたガラスの容器を倒した。食べかけの器にさし入れたままだったスプーンの柄に手がひっかかったのである。倒れた器からは白いヨーグルトが流れ出てテーブルに広がり、そのほんの一部が床まで落ちた。シマッタ、と思った時には、失態はもう取り戻しようもない。ティッシュペーパーを使って卓上のヨーグルトをすくい取り、床に落ちた塊もかがんでなんとか始末した。

すべての処置はうまく進み、遅い独りの食卓には何事もなかったような朝の静穏が戻った。フローリングの床の落下物はキッチンペーパーですくい取った。その後を丁寧に拭っていると、木の床をヨーグルトで磨くといった掃除の仕方を何か本の中で読んだような気がして、この作業には案外建設的な面があるかもしれぬ、といった気分が生れもした。

ことは密(ひそ)かに進行して何事もなかったはずなのに、なぜかその失敗はキッチンにいた家人にもれた。ヨーグルトの器にスプーンを入れたままにしておいたこと、その容器をテーブルの端に置いた不注意などを咎(とが)められた。

弁明の余地は多少あるけれど、やらないでもよいことを引き起してしまった過ちはあるのだから、と考えて注意は黙って受け入れた。

数日後、同じような朝の食卓で、今度はトマトジュースのたっぷりはいった丈の高いコップを手に引っかけ、自分に向けて勢いよく倒した。コップは倒れながら、椅子に坐っているこちらの胸から腹にかけてどろりとした赤い液体をたっぷりかけてくれた。

着ていたのはコットン地の青いシャツだったが、その左側の前半分は充分にジュースを吸い込んで、ずしりと重くなった。

今回は隠密の処理など不可能なので直ちにシャツを着換え、ジュースを浴びた青いシャツは洗面台で丁寧に濯いだ。

失敗から何も学ばず、同じことを繰り返すのはどういうわけか、と咎める声も、ただ黙って聞き流した。

と同時に、こんな感想が密かに湧き起ったのも、忘れ難い事実である。それは食卓の器やコップなどを倒す際の自分の手や腕の動きが、なんとも勢いよく、サッソウとしたものに感じられることである。薙ぎ倒すという表現が思わず身の内から走り出る感じなのである。他の何をする時よりもあれらの器を手にかけて倒す際の勢いとスピードは、生命感に溢れて充実したものと思われた。食器とは限らない。洗面台に立つ細身の化粧品の容器なども無意識のうちに薙ぎ倒すこともある。無作法にして破壊的な行為であると同時に、なにやら生命感の迸るような勢いがそこに隠れている気がしてしまう。

そんなことを考えているうちに、この夏の盛りに家の前の路地で転び、したたかに頬のあたりを打った折のことが思い浮かんだ。――あれなどは、細くて脆(もろ)い器のようになった当の身体が何か巨大な力によって薙ぎ倒されたのではなかったか――。倒されたり、落ちたり、転んだりした器が、なぜか欠けも割れもせず、やがては前と変らぬ姿に戻るところなども、どこか似ているのではないか……。

倒す側にも、倒される側にも、似たようなしたたかな力がひそんでいるのだろうか。

他人の年齢に一喜一憂

以前に比べ、年齢のことを気にかけたり、口に出す折が多くなった。

三十代、四十代の頃は、自分の歳を考える暇などなく、息せき切って仕事に取り組んでいた。自分が何歳であるかなどを、あらためて考えてみるいとまなどなかった。

五十代の後半あたりにかかると、親しく仕事をして来た編集者などから、後一年で定年を迎えるので、自分はこの仕事を離れて退社する、などと知らされ、愕然とする機会に出合うようになった。

その人はもうそんな歳になっていたのか、と驚いたり、それにしても六十歳定年というのはあまりに早過ぎるのではないか、と不満を覚えたりした。そして定年のない自分の仕事を、ありがたい、と感じもした。同年の作家と語り合ううち、ふとそんな話題の出たことがある。本当は俺達も定年はとっくに過ぎているのに、ただ本人がそのことに気づいていないだけなのかもしれないぜ、と相手が呟き、こちらもそれに同意して苦笑せざるを得なかったこともある。

勤め人にとっての定年は暮しの上での大きな区切りであり、それが年齢にのって到来する以上、自分が幾つになっているかは意識せざるを得ないだろう。

しかし文筆生活を営むような自由業の場合にはその種の区切りがないので、年齢は生命の進行につれてただ増していく数字として摑めるのみである。年齢の終りは生命の終りとなるが、それを予見するのは難しい。だから年齢は、なんとなく気にかかる数字として身の廻りに浮遊していることとなる。

それでいて、体力や気力の衰えなどに気がつくと、年齢は俄かに現実的な数字として身に迫って来る。年齢の相場とでもいったものが出現し、自分の歳だけではなく、他人の年齢まで気にかかるようになる。年齢がその人を位置づける指標としての役割を果すわけである。

テレビやラジオのニュース、新聞の記事などで、ある人のことを報ずる際に、いつからか当人の年齢を示すようになった。「××氏・七十五歳」とか「○○さん・三十九歳」などというように。特に音声の報道の中でそれを聞くと不自然に感じたものだが、いつかそれに慣れ、今は年齢を知らぬとその人の輪郭が摑めぬようなあやふやさを覚えるようになった。

テレビのニュースなどに登場する人の年齢を知らされると、思わず自分の年齢と比べ、その人の若い容貌にショックを受けたり、反対に優越感を覚えたりすることもある。

日常の会話の中でも、誰彼の話をする時、あの人は幾つなのだろう、と自然に年齢が話題になる。そして日常の健康話や、運動のことなどがそれに加わる。

足許がふらついたり、立ち上ろうとしても腰が伸びず、何かに摑まらないと立てなかったりすると、自分の年齢のことが頭をよぎる。年齢に包まれて生きているようなものだ。

　少し前、短い入院をする機会があった。検査が主目的のさほど深刻ではない入院だった。病室にはいるとすぐ、小柄な若い女性看護師が現れた。病院では幾度でも繰り返させられる質問を受けた。名前と生年月日の確認である。昭和七年五月であると答えると、あら、私は平成七年の生れです、と彼女は少し自慢するように、にこやかに答えた。今が平成二十九年なのだから、と引き算し、すると二十二歳か、と確かめた。頷いた彼女は、白衣の後姿を見せて颯爽（さっそう）と病室を出て行った。

老いは穏やかに、狂暴に

自分がふわふわと漂うように歩いているな、と気のつくことがある。とりわけ不快ではないのだが、どこか頼りない感じがあり、不安定なのである。一歩一歩確かに地面を踏んでいるという実感が薄く、ただ身体だけが前に動いていく。そんな感じに襲われるのは仕事のために外出した帰りの道などではなく、主として散歩に出かけた折なのである。つまり、自分がいつか漂うように歩いているのは、近所の文房具店への買物や、郵便局への多少面倒な用を果たすために出かける際などではない。つまり、移動するための明確な手段としての歩行の際には、この種の頼りなさは生じない。

そうではなく、運動のための散歩のように、歩くこと自体が目的であるような、いわゆる足の運びのための歩行とでもいった動きの中で、その浮遊感は発生する。そして、ふわふわと歩きながら、かつての歩幅の広く速度もあった歩行とは違い、流れの中に揺れる水草のようなこの動きは、老いそのものの歩行である、と考えるべきかもしれぬことに気づく。歩き方が年寄りじみている、というのとは違う。老いそのものが、今そこを歩いているのである。

老いはしかし、ただそのような緩やかな影のみをみせるものではない。時に狂暴な姿を覗かせもする。この夏、そのことを痛いほど知らされた。散歩からの帰りに、家の前まで戻って路上で転倒し、顔面右側を強打したからである。

その時は、それほどふわふわした感じで歩いていたわけではない。疲れていたので足取りが怪しくなり、重心が前にかかって上体からはみ出しそうになるのをこらえて急ぎ足になった。危いぞ、と思った時は既にアスファルトの路面に打ち付けられるように転んでいた。幸いにして、直接頭部を打たなかったので、顔面と奥歯に損傷を受けた程度でことは収まったが、しかし転んだ折の衝撃の強さは、予想外のものだった。ふわふわと漂うような歩き方ではなかったが、よろよろして倒れた時のことを思い出すと、どうしてあのような歩行と転倒とが続けざまに起ったのか、不思議に感じられる。あれは不安定な歩行のすぐ裏に潜んでいた何やら狂暴な転倒への誘いが突然火を噴いたのだ、と想像してみたくなる。

としたら、そこにはふわふわした歩行の姿をかりて、老いが歩いていたのと同じように、ここでは老いそのものが狂暴な力となって歩行者を突き飛ばしたのだ、と想像してみたい誘惑に駆られた。

実際に、老いは容易に一筋縄で捉えられるようなものではないのかもしれない。時にそれは温顔を備え、悠揚迫らぬ態度で緩やかに振舞い、長い歳月を踏み越えて来た故の知と温(ぬく)もりを備えた存在であるように思われる。

しかしそのすぐ裏側には高齢故の不機嫌も隠れているかもしれないし、意外な意地の悪さも身を潜めている可能性がある。

だからこれから老いに向う者は、充分に用意してかからねばならぬ。

老いは自然であるだろうが、それはただ歳月の積み重ねとしてのみ存在しているわけではない。ふわふわと歩く自然な浮遊感を準備してくれると同時に、アスファルトの路面に人を叩(たた)きつける準備もしている。そして最後には、そこからもう引き返すことの叶わぬ地点までこちらを連れて行く。

それが親切なのか、意地悪なのかはわからない。老いは放置しても自然に成長する。

Ⅳ　老いることは知ること

一人の外出にまごつく

定期の検査と診察を受けるために、病院へ出かけた折のことである。ほとんど毎月一回はどこかの病院に出向くようになってから、かなりの歳月を過して来た。そして何故か似たようなチェックを妻も共に受けるようになったため、どの病院に行く際も二人連れとなった。便利なようで面倒でもある二人連れに、いつか慣れていたらしい。

ところがある日、妻が風邪をひいて調子を崩したため、病院へ自分一人で出かけることになった。先方では受付から会計から薬を受取るまで、すべて自分で処理せねばならぬが、いつも横で見ている以上そのくらいのことは自分でも出来るはずだった。

むしろいつもと違って一人で伸び伸びと行動できる、という自由の領域に踏み込むような楽しみすら感じた。

駅に着いてプラットホームに昇るのに、エレベーターではなく今日はエスカレーターに乗ってみよう、と考えてそちらに足を向けた。ちょうど上りの電車がプラットホームにはいって来たところで、電車を降りた人々が反対側の下りのエスカレーター目指して歩いて来る。間に合ってよかった。エレベーターが来るのを待っていたらこの電車には乗り損なっていたかもしれない、と考えて胸を張ろうとした時、ふと気がついた。今日の病院は都心ではなく、郊外に位置するのだから、乗るべき電車は上りではなく下りでなければならない。プラットホームを間違えた。同行者がいればこの種の間違えは犯さなかったかもしれぬ、とほんの少し反省した。しかしその逆方向にむから電車に乗ってしまう前に気がついたのはエライではないか、と小声で自分を褒め励ました。

エスカレーターに乗りなおして隣のプラットホームに移った。降車する駅は間違えなかった。電車を降りた場所はいつもと少し違っていたかもしれないが、その数歩先の位置にある上りのエスカレーターに足をのせた。上の階に着いてエスカレーターを降りる時、辺りの様子が前と違うことにまごついた。改札口のあるいつもの階ではなく、そこから更に上った別の線のプラットホーム階に出てしまった。そういえば、エスカレーターの手摺りの色に二種類があり、それが違うと改札口には行けないのだ、という注意を同行者から受けたことがあったのを思い出した。過ちは直ちに正さねばならぬと前より少しだけ強く感じて反省しつつ、来た時とは逆のエスカレーターにまた乗り直した。さすがに二度続いた失敗に身の竦む思いを覚えた。これはなにか悪いことの前兆ではないか、と恐れつつこわごわ検査を受けたが、特別の変りはないですね、とのベテラン医師の診断を得た。まずまず危険を乗り越えた、という安堵にほっと溜息が出た。

そこまで行けば今日の仕事は終ったようなものだ、と考えて帰りの電車に乗り、間違わずに自分の家のある駅で降りた。同行者があればエレベーターを使うのだが、一人なので下りのエスカレーターに足をのせた。

下に着いて改札口に歩きかけた足がふと止った。通路の左側にある筈の構内コンビニ店が反対側に移っている。店も前より大きくなって照明も派手になった感じがする。客が増したためか、と首を傾げつつ周囲を見廻し、店の先にあった筈のトイレットまで移っているのに気がついた時、自分が下りの電車から降りたのではなく、上り線から降りたために左右が逆になったことに気がついた。チリンとどこかで音がして、見慣れた日常の世界が現れた。それが眩しいほど新鮮な光景として目に映った。

三度目は、転ぶまい

散歩の帰りに家の前の道で転んだのは、昨年八月初旬の夕刻だった。

それから四か月ほど過ぎた十二月下旬に、また転んだ。郵便物を出すために、ポストまで行く途中だった。

先回転倒した際、そのことを話したある人から、八十歳を過ぎて転ぶと、以後一年以内に必ずもう一度転ぶ、と告げられた。だから注意して過せとか用心せよというのではなかった。どうにも避けようのないことが起るのを宣告する、といった口調だった。そう言われると、こちらはただ頷くしかなかった。

そのことが頭に強く残っていたせいか、転んだ瞬間、シマッタ、予言どおりになったという衝撃に襲われ、慌てて立上ると、家に帰ることしか頭に浮かばなかった。

先回と同様、つんのめって倒れ、顔の右側を打ち、身を守ろうとして地面を突いた両掌に傷、唇に小さな裂傷、眼鏡は曲りかけ、両眼の下と顎の左右に濃い赤紫色の痣が生じた。

なぜか、痛みよりも心理的なショックの方が大きかった。そのせいか——どこでどんなふうに転んだか、の記憶が全くないのである。

——ポストに行こうとして近道を探し、考えた。広い駐車場を斜めに突切れば近いのだが、今はそうせず、バス通りに出てから駅前のポストを目指す経路を辿ろうと決めたところまで覚えている。

夏に転んだ時は散歩帰りの下駄ばきだった。今度はゴム底の運動用の靴を履いていたのだから、歩く仕度に不足はない。にもかかわらず転倒し、その瞬間のことと、転んだ地点がわからないのである。

幸いにして、前回と同様足腰は打たなかったので歩行に支障はなく、とにかく自宅に帰り着くことが出来た。

傷口を洗ったり、打った場所を冷やしたりはしたけれど外傷はさほど深刻なものではなく、痛みも強くなかった。

ひどいのは、顔に生れた痣である。両眼の下と、唇の端から顎にかけてのあたりに赤紫色の痣が生じ、歌舞伎役者の隈取りにも似た顔面が生じた。

今回も念のために近くのクリニックに行って頭部のCT検査を受けたが、異常はなかった。顔の痣は今は濃い紫色で派手だが、次第に血は下って色は薄れていくから心配するな、と医師に言われた。

夏に転んだ際には顎も打ち奥歯の嚙み合せが痛くて全く出来なかったが、今回はそれがないだけ幸せだった。

医師の言葉どおり、顔の痣は日に日に薄れ、ほぼ一か月経つと見えなくなった。

いずれにしても、年寄りの転倒にしてはさほどの損傷を受けずに済んだのは幸いだった。そして重なる転倒にふと思い出したことがある。小学校の校庭で二度続けて転んだと話した時、祖母は厳かに告げた。

──二度あることは三度ある──と。

二度も続けばその難が三度訪れることは避けられないのだから、三度目への対処として、今のうちに転んだマネをしてみせ、その災難をやり過してしまえ、という。そして横を歩いていた祖母は、つと片膝を折るようにして、よろけるフリをしてみせた。倒れも転びもしないのだから、こんな程度の動作ではとても三度目の転倒とは見えないだろうと疑いながら、転んでいたこちらは祖母のフリを路上で真似た。

たしかに、二度あることは三度ある、とは道理に叶った言葉である。しかし八十過ぎて転ぶマネなどしてみせようとしたら、本当に三度目の災難にぶつかりかねない。

軽くなる身、重くなる外界

ふわふわとした覚束無い気分で日を過している。

ひとつには、足取りに危ういところがあり、昨年の夏からこの冬にかけて、二度道で転んだためもある。いずれもつんのめるように前に倒れたが、よろけるとか、躓くとかいうより、身体の重心が前に出てしまうのに足の運びが追いつかない感じだった。

それは必ずしも歩行の際にのみ発生する事態ではない。落した物を拾おうとしたりする時、前屈みになった上半身がふわりと浮いて前にのめりそうになる。湿った思い出や限りない後悔の詰った頭が次第に重くなり、以前より身体の重心をとるのが難しくなったのか――。

歩行中ではなく、停止したまま前へ倒れそうになるのを防ぐのは、さして難しくはない。アブナイ、と感じたら、前にある物に手をついたり、近くの何かを摑んだりして身を支えればよいのであり、それで難は避けられる。

とはいっても、立ったままの姿勢でも困った事態にぶつかることはある。

スーパーマーケットなどで買物した折、おつりの小銭の溜るのがいやなので、コインで支払おう、と焦ることがある。十円玉や五円玉、白い一円玉などが財布の中でじゃれ合って、うまく取り出すのが難しい。その作業の間に、必ずといっていいほど百円玉や十円玉が足許の床に落下する。落すなよ、と自分に呼びかけて用心すればするほど、コインは指の間をすり抜けて床に落ちる。こちらの心配をあざ笑うかのように彼等は続け様に床に散らばり、通路の遠くまで楽しげにころがり続けようとする。

慌てて足許の十円玉を拾おうとかがみこんだりする時には気をつけなければならない。うっかりすると、十円玉は拾ったけれど、それを握りしめたまま立ち上るのが困難だ、といった事態に陥りかねない。

しゃがんだために重心が尻の方に移ってしまうと、何かに摑まらなければ容易に立ち上れぬ事態に陥る。まわりの親切な買物客が床のコインを拾ってくれたりするけれど、この重心の扱いにおける失敗は、コインを落した失敗より数段恥しいものになりかねない。床にしゃがみ込む時は、次に腰を伸ばして立つ際には何に摑まるかをよく考えておく必要がある。しかしそんな用心をしたりする前に、既に小銭は床に散らばり、通路に走り出ているのである。

小銭は軽すぎるので扱いに難しいところがあるが、反対に重すぎるので困るケースもある。厚い本の重さである。辞典類の重さは昔から承知しているつもりだったが、近頃、急にその重量に苦痛を覚えるようになった。百科事典とまではいわないとしても、より簡便な辞典類等も、書棚から取り出して机まで運ぶのに苦労する。

以前は調べる事柄への関心が本の重さを感じさせなかったのかもしれないが、今やその関係は逆転したらしい。辞典類は、知の宝庫である前に、ずっしりと重い紙の堆積へと転じてしまったかのように感じられる。

書棚への本の並べ方は気をつけているつもりではあるけれど、全集や選集など、装丁のがっしりしたものが上段に納ってしまった時、踏み台などにのってそれを取り出す際に苦労する。相手を腕に抱えたとしても、共に無事に床に着地する自信がない。なんとなく、身は軽くなり、外界は重くなっている感がある。重心のバランス感覚を頼りにしてなんとか先に先に進んでいけるものか。

眼と耳、どちらの衰えが辛いか

歳を重ねるにつれ、身体の各種の能力が次第に衰えていく。好ましいことではないが自然のコトワリなのだろう、と考えて受け入れるしかない。古くなった器具は一定の年月使い続ければいつかは不具合を生じ、動かなくなったり、おかしな音をたてたり、煙を吐いたり、火を吹いたりするかもしれない。

人間も同じであり、かつてはごく自然に出来たことがいつの間にか難しくなり、また予想外の事態を招いたりもする。たとえば歩いていて転んだり、手にしている物をやたらに足許に落したりするように――。

はたから見れば無様(ぶざま)で滑稽だったりするようなことも、本人にとっては、避けようもない自然の出来事なのだから、と考えて受け入れ、やり過したりするよりない。そして胸の底には、これは老いるということの自然なのであり、いわば年齢の特権の如きものであるのだと居直る気分も生れる。

しかし、そんなふうに威張ってばかりもいられない。老いてゆく本人が困る事態があるからだ。代表的なケースとしては、眼と耳、つまり視力と聴力の衰えがあげられる。どちらの弱まりの方がより深刻であるか、と考える折がある。これは選べるものではなく、与えられるようなものではあるのだが——。

かくいう当方は、八十代にかかった頃、左眼に眼底出血が生じ、それが一度では収まらずに重なり、出血性の緑内障であると告げられた。

その結果、左眼の視力は人の顔がぼんやり見える程度に弱まり、読み、書きは専ら右眼に頼らざるを得ぬ事態となった。右の視力もあまり健やかではないので、読む力は著しく弱まった。出血した眼の視力の恢復は望めないので、残された反対側の眼を大切にするように、との医師の言葉はずしんと身の底に響いた。

中途はんぱに見えるのはかえって気になるので、読書用の眼鏡は片方を曇りガラスにしてもらった。

そうなってみての発見もあった。新聞というものが、幾つもの違った大きさの字によって作られていることにあらためて気がついた。大きな見出し、その下の見出しくらいは読めても、記事の本文にべったり並ぶ文字はほとんど読めない。

文庫本や雑誌の字も読むのは楽ではなく、スタンドに明りを灯し、机に向って勝負でもするようなつもりで身構えなければ読むことは始められない。つまり、読むことは大仕事となり、週刊誌などを気楽に開くことは望めなくなった。

それに比べれば、書くことの方が片眼でもより早く慣れるようだった。原稿は昔のように原稿用紙に万年筆で書くことを守っているので最初は一つのマス目の中に一字を置くことに苦労したが、罫の濃い原稿用紙を使えば、いつか一つのマスの中に一字書いて下へ続けることにさほどの苦労を感じぬようになった。これならまだ仕事は出来ると考え、ほっと一息つく思いだった。

そうなってみて、ふと考えることがある。耳が遠くなるのと、眼が見えにくくなるのと、どちらが辛いだろう。

聴力も以前に比して弱くなっており、家の中での家族の話など聞き取りにくくなってはいるが、しかしそれは面倒なのであまり熱心に聞こうとしないせいもあるのかもしれない。

美術展のような展覧会とホールの音楽会であったら、どちらに行けぬほうが辛いか。

眼も耳も、衰えながらも少しでも長く力を保ってもらいたい。

変らない体型、捨てられない服

ある晴れた日、あまりに陽射(ひざ)しが強く快かったので、前日まで着ていた服をベランダに干してみよう、と思い立った。

すると、寒い間に着ていた厚手のジャケットやウールのズボンなども次々と後を追って現れ、衣更(ころもが)えの如き状態が出現した。毎年自分でそんな作業をしているわけでもないのに、陽射しにつられてつい家事に手を出した感がある。

着なれた衣服がベランダの竿(さお)にずらりと並んで、陽光を浴びている眺めは悪いものではなかった。

そのうち、ジャケットやズボンのなかに、かなり昔から身につけていたものがあるのに気がついた。三十代の頃に着ていたジャケットがあるかと思うと、意外な場所に小さなポケットがついているのが気に入っていた古いズボンがあったりする。何十年も昔に買った衣類である。体型がさほど変らないので、その気になればいつでも着用することが出来る。逆にいえば、着られるから捨てる気になれず、古い衣類がいつまでもクローゼットにぶら下っている次第となる。

そういえば、とふと思い出した。ある年配の女性の何かのお祝いの会に出かけた折、挨拶に立ったその女性が身につけている衣装をひろげてくるりと廻ってみせながら、二十代に着ていたドレスが今も着られるのが嬉しい、と挨拶して拍手を浴びた光景が蘇った。派手なワンピースの如き衣装だったが、ほとんど違和感を覚えぬドレスだった。

それならこちらの古いジャケットやズボンも似たような境遇に置かれているわけで、それを身につけている当方もそれなりに褒められていいのではないか、と密かに自賛した。

とはいえ、体型はほとんど変らぬものの、あちこちが少しずつ変化しつつあるのは認めざるを得ない。

その筆頭は身長である。体重や胸囲は時によって増減するが、ある年齢を過ぎた後の身長は縮まる一方であり、決して伸びることはない。それに気づいたのは何歳くらいの時だったか——。健診の折などに必ず身長を調べられる。すると、必ずといっていいほど、身長は縮んでいくのである。

厳密に計ったわけではないが、一年に三ミリほどずつ身長は減っていく。二十年で六センチ近くは身の丈が縮んでいく計算となる。

一番背の高い時期には一七三センチあった身長が、今や四センチ縮んで一六九センチとなった。この割合で今後縮み続けたら、幾つになった時何センチになるか、などと考えて苦笑する。

そんな計算をしてみても仕方がないが、体型の変化を気にするとしたら、衣服は客観的にそれを計る目安にはなるだろう。

逆にいえばしかし、体型が安定しているので、困ったことの起る可能性もある。いつまでも身体の方が変らないので、いつまでも同じ衣服を着続けることは起らぬだろうか。

もし大きさが身に合わなくなれば、それを着ることが難しいので古い物は捨てて新しい衣服にかえようとするだろう。つまり、衣服の新陳代謝が自然に起る。しかし身体のサイズが安定して動かぬとしたら、着ることの出来る服をあえて捨てなければ新しい服を買いにくくなるのではあるまいか。

スタイルに流行があることを考えれば、衣服をただ必要のみによって選定するのは難しいのかもしれない。体型の変化の有無はオシャレと関係する。

服は捨てられても、身体は捨てられないな、とふと思う。

治りの遅い生傷

生傷が絶えない、とはどのような状態を指すのだろうか、と考えることがある。国語辞典などを繙(ひもと)けば、生傷とは新しい傷のことであり、古傷の反対を指す言葉であるらしい。つまり、生じたばかりの傷である。古傷は長い時間を経て残るものであり、それは歴史を持ち、比較的重い傷であるに違いない。

それに対し、生傷はより軽く、すぐ治り、傷口なども程なく消えてわからなくなるようなものを指す。古傷が歴史的な性格のものであるとしたら、生傷は日常的なものである、といえよう。

その生傷が絶えないのだとしたら、日常的に小さな傷を負い続けていることになる。古傷は長く疼くものであり、生傷はすぐ消えるものである、といえるのかもしれない。それはともかくとして、我が日々の暮しの中にあっては、ほとんど日常的に生傷が発生し続けている。

薄い紙の端を指先に滑らせて、気づかぬうちにそこを切ってしまうことがある。門扉を閉じようとして、指を挟んでしまうことがある。深爪をして、指先に水が滲みることもある。その他、手を何か固いものにぶつけたり、靴下を履かずに歩いたズックの靴で、踵に靴ずれが出来たり、いつ、どこで生じたかが自分でもわからぬ傷に間々出合う。そしてふと気づく——この生傷の多発は、傷そのものの発生数が多いというより、発生した傷のナオリが昔に比して遅いので、新旧の傷が重なり合って生傷の賑わいを生んでいるのではないか、と。

気が短くなった老人の動作が、粗暴で不器用であるために生じた生傷の発生が原因であるとはいえようが、もしそれが自業自得の自己責任論につながるものと考えられるとしたら、疑問がある。——悪いのは老人のそそっかしさではなく、傷そのものの治りの遅さである、との言い分は通らぬものか。

生傷だけとは限らない。年寄りにとっての肉体面の変異は、若い頃と同じように考えられてはなるまい。

広く病気というもののあり方が、かつてと同じではない、と気づかされる折は少くない。

若い頃、いや、六十代くらいまでは、病気とはやがては治るものだ、と考えていた節がある。医者の診察を受け、検査をしたり、処置を施されたり、薬を呑んだりしていれば、やがては健康を恢復し、前の状態に復帰し得るものだ、と考えていたらしい。もちろん簡単には復帰の難しい難病というものがあるのは知っていたが、それは例外的なものであり、自分は免れるだろう、と高を括(くく)っていた。

ところがある年齢に達してから、病気にかかると、恢復はしても、それは以前の状態への完全な復帰ではなく、七割か八割あたりの線にとどまる復帰であるに過ぎぬ、と気づかされた。つまり、病む度に、一段ずつ復活のレベルが低くなることに気づかされた。

このことは恐らく、病気などとは呼ばれない生傷の恢復の遅さとも通ずるところがある現象ではないだろうか。

目下、我が生傷は二つほどあり、何にぶつけたのか記憶のない右手甲の痣と、右手小指の付け根に生じ、一時カサブタを作っていたのに、ある時期から急にそこがまた赤く腫れる気配を示し始めたもの。やがてはその色も褪(あ)せていくだろうが、また新しい別の生傷が出来ることは間違いない。生傷は、生きている証(あかし)なのだから。

日程表の終りが招く不安

日に幾度となく、大判のノートを用いた自家製の日程表を開いて確かめる。今週の予定はどうなっているか——。外出する日は自分の思っているままであるか、人の来訪を受ける日時は記憶に誤りがないか——。

以前、パーティーの日を一日間違え、ガランとして人影もない会場に着き、その会は明日です、と通りがかりの従業員に教えられ、驚いたことがあった。

また、行先を勘違いして、似た名前の別の建物に行きかけ、途中で気づいて慌てたこともあった。

だから、度々（たびたび）日程表を開き、その週の人と会う約束や、来客の予定を確認する癖がついている。

その大切な日程表とは、大学ノートか、より大判のノートを使って自分で必要な線を引き、使いやすいように作った自家製のものである。

以前は毎年発行されて本屋などに並ぶ既製の日程表を使ったこともあるが、スペースの区切り方などが希望に合わず、結局日程表は自家製のものを用いるに至った。

大判のノートの横罫が三十一行あることを確かめた上で購入し、そのページを縦に区切る線を幾本か引き、左側に日付と曜日を上から縦に記入し、その横に各種の予定を書き入れる。

原稿の〆切や長さなどは、なるべく目立つ場所に広めの欄を設けて大きな字で記入する。

ひと月の予定が一ページに記されていると、当面の忙しさやゆとりの具合がひと目に摑めて便利である。時間は上から下へと縦に流れる。

ただ、使う前に一年分の日付、曜日、休日などをページの左側に自分で記入する作業が必要となる。それもしかし、慣れるとさほど苦痛にはならない。そして幾年か経つと、また新しくノートを探しに街に出る。自分の未来の時間を入れる袋でも買いに行くような楽しみも覚える。

ある時、幾年か使って来たノートの先に来年の日付を記入しようとして、ふと気がついた。その先に一年分、十二ページ分の残りがなく、途中でノートが終ってしまうのである。つまり、その先が無い。似たことは前にもあった筈だが、その折はごく自然に新しいノートを買い求めて新しい日程表を作っていたに違いない。

当の折に特別新鮮な不安か頼り無さを覚えたのは、こちらの年齢のせいだったか。ショックが強かったので、たまたま出会った親しい編集者にその話をした。——俺には未来が切られて、その先が無いんだよ、と。

当方より若い編集者は、それはいけない、と真顔でこちらに向き直った。そのままではまずいので、直ちに今使っている予定表に続く新しい予定表を用意せねばならない、と。

冗談のつもりで言ったのになにやら深刻に事態を受け止めたらしい相手の態度に、

こちらのほうが驚いた。

そうか、まずいかね、と答えるうちに、気に入っていた表紙の固い大判のノートの日程表に記入して来たものに続く先の日々が、ノートの終りとともに突然断たれてしまいそうな不安と恐怖が生れたことに気がついた。

それはいけない、直ちに次のノートを買って新しい予定表を作って下さい、と低い声で言い募る相手を前にして、今のノートに続く予定表はすぐ作るよ、と約束した。

近頃、四年先という話題をよく耳にする。サッカーの次のワールドカップや、オリンピックなど——。

その日を刻んだ日程表を自分は作るか、作らぬか。

地球との約束が無効に

お足許は大丈夫ですか、とすぐ脇を歩いている女性に声をかけられた。え、と聞き返し、こちらの足の運びの危うさを心配してくれているのだ、と気がついた。ある集りで、ステージから短い挨拶をした後、元の席へと戻る折だった。いや、大丈夫、と答えながら、自分の歩みがそれほど覚束無いものとして他人の目に映ったか、と驚いた。こちらはいつもと変らぬ歩き方をしているつもりだった。外から見ればしかし、我が歩行はそれほど頼り無いものとして目に映るのかもしれなかった。

八十歳も過ぎたこちらと似た年齢の友人や知人が家の内外で転んだ、という話をよく耳にする。軽い負傷ですむこともあれば、時には入院や手術が必要となり、その後のリハビリが大変なのだ、と聞かされるケースも少くない。

かくいうこちらにしても、この一年の間に家の外で二度、前のめりに転び、路面に顔を打ちつけた経験がある。幸いにして二度とも眼のまわりや口許などに痣を作る程度で切り抜けることが出来た。

転んだのはしかし、ただ年齢のせいのみによるものではない。

最も忘れ難い転倒は、まだ四十代にかかるかかからぬかの頃のことである。

当時、ある出版社が、全国の高校をまわり生徒に向けて講演会を開く催しを続けていた。その講師の一人として幾つかの学校を廻った。

出向いた中に、一つの女子高が含まれていた。男子高や共学校がほとんどで、女生徒のみの高校は珍しかった。

講堂のような広い明るい会場に女子生徒達がぎっしりと並んで坐っていた。

演壇はとりわけ高いわけではなく、上手から正面のテーブルまで、幾段かのゆるやかな木の階段が重なっている。

まだ若い作家として少女達の前に颯爽と登場したいと願った講師は、足取りも軽やかにステージに登壇する自分の姿を思い描いた。そしてほとんど飛ぶように軽やかに階段を駆け上った——つもりであった。

その三段目か四段目あたりで躓き、ばったりと手をついて転んだ。幸いに怪我はなかったが、集っている女子生徒達からは喝采と爆笑を浴びた。その後、何を弁明し、何を話したかなど全く覚えていないが、演壇への階段の途中で派手に転んだ講演者として少女達の記憶に刻まれてしまったか、と唇を噛むしかなかった。

転ぶのはしかし、前や横に向けて倒れるだけではない。

こちらは最近のことだが、ある場所で尻餅をついたらそのまま立ち上れなくなってしまった。幸いにして道路ではなく家屋の裏手のような場所であった。クーラーの屋外機らしい装置の空気吹出口に這い込みかけた草の蔓(つる)を引き抜こうとして、そのまま尻餅をついたら立てなくなった。あたりの手の届く範囲に摑めそうな物は何もない。おまけに地面は背後に向けてゆるく傾斜しているので、ひっくり返った虫の如くただ手足で宙をひっかくことしか出来ない。

幸いその醜態に気づいてくれた人が歩み寄り、背後から手をそえて抱き起してくれた。親切な救援者に礼を述べつつ考えた。

——いつの間にか、尻餅という状態は立ち上れないものに変ってしまったようだな、と。ハイハイから脱してなんとか二本足で立てるようになって以降、自分と地球との間に結ばれていた約束は無効になったらしい、と気がついた。

防ぎようのない自然の力

異様な暑さの続く夏であったためか、九月にはいってようやく暑さが少し収ると、やたらに眠りへの欲求が強くなった。

とはいっても、夜早く床につきたいとか、朝いつまでも寝ていたい、と望むわけではない。ただやたらに眠気に襲われるのである。昼寝というほどはっきりしたものではなく、のべつ居眠りに襲われる。

とりわけその欲求の強いのが食事の後であり、食卓を離れてテレビと向き合った位置にある椅子に身を移すやいなや、たちまち眠気に襲われる。とろとろと二、三十分間近く眠るのか――気がつくと今が何時頃であり、昼飯や夕飯を食ったかどうかもはっきりしない時間の中に投げ出される。食後に限らず、電車の年寄りや病人の優先席に坐っても、芝居の観客席でも、少しでも身体が楽な状態に置かれると、たちまち眠気に押し切られるようにして居眠りを始める。

こちらより歳上の親しかった医師が八十代にはいった頃、近くにある診療所に出かけて午前中の仕事を済ませて自宅に戻り、昼食をとるとどうにも起きていられなくなると嘆くのを聞いた覚えがある。自分が続けて診療の仕事の出来る時間はそのあたりで切れるのであり、どうしても一眠りして休養をとらねば後が続かない、と老医師は嘆いた。

その歳になれば当然のことであり、そこでひと休みしてからまた午後の仕事にかかるのは年齢の自然ではありませんか、と医師より少し若い当方は慰めた。

いや、自分の体力がその程度だと知らされたようで情ないと医師は苦笑したのだった。

数年後に亡くなったその医師の、仕事の場から家に帰って食事を済ませた後で襲われる眠気の波が、今は身につまされる思いでこちらに伝わって来る。

居眠りというものが、ひとつの自然として自分のすぐ脇に立っているのを感じる。人間は、自然にまかせればすぐ眠る動物である、といいたいほどである。

本当は眠りだけではないのかもしれない。若い頃に比べれば様々な体力は衰えているのであり、その分、充分に気をつかわねば、転んだり、怪我をしたりするのは自明のことである。つまり、年齢に対する自覚と周囲の配慮によって老人は生き続けているのだ。その自覚のもとで人はようやく生命を保っている。

なんとなくそんな老人像を抱いて生きている人間にとって、誠に恐ろしいのは自然の災害である。

暴風にしても豪雨にしても地震や地滑りにしても、容赦なく押しよせるこの暴力は個人では防ぎようもなく、逃れようもない場合が多いだろう。時間をかけ、力を注いで自然の猛威を避ける努力を続けたとしても、相手はそれを上回るエネルギーで人々の生活に襲いかかって来る。短くても安らかな昼寝の安寧とは対極的な、荒々しい自然の剝き出しの力が人間を脅かす。

道の小さな凸凹や床の段差に気を配り、しゃがんだら立つ時に何に摑まればよいかに気を配って暮していているような年寄りにとって、自然の力はあまりに大きい。環境の一変した避難所のような場所には、短くても安らかな眠りとか、ほっと力を抜くことの出来る穏やかな時間など存在しないだろう。そこでは年齢が自然の力の直撃を受けるのではあるまいか。幼児と高齢者は、その年齢の故に自然の力と人間の力とが剝き出しになってぶつかり合う場面に立たされる。歳をとるのは人間の自然であり、そして嵐や地震もまた自然の現れである。その中をどう生きていくか。

老いることは知ること

子供の頃から、指先の器用な子だ、などと褒められた記憶は全くない。かといって、どうしてそんなに不器用なのか、と親に嘆かれたり、呆れられたりした覚えもない。つまり、自分は器用でも不器用でもなく、両者の中間あたりに立っているのだろう、といった自覚をもって育って来た。いや、自分のことなのだから少しヒイキの加点を与え、平均よりほんの少しはマシな位置に立っている、などと考えて生きて来たような気がする。

ところがいつからか、そのささやかな自信が全くなくなった。以前は無意識のうちにこなせていたような手先の仕事が、簡単には出来なくなっていることに気がついたからである。これはなかなかの難事業であり、指先に全神経を集中しても簡単にはこなせぬ仕事なのだ、と唇を嚙む機会が少なくない。

たとえば、ワイシャツの袖口にカフスボタンをはめる作業がそれである。少しあらたまった場所に出かける際、折り返しになったシャツの袖口にカフスボタンをつけよう、と思い立つ。

多くの場合、先にシャツを着て腕を通した後の袖口にカフスボタンをはめようとする。右手の指先でボタンをつまみ、シャツの左の袖口のボタン穴にカフスの足の先を通し、次にその裏側のボタン穴をもう一度通してから、カフスの足のストッパーを起こしてボタンをとめる。片手だけのその作業が難しい。袖口の外側のボタン穴にカフスのストッパーの足を入れることは出来ても、既に腕を通している袖口のボタン穴に次にもう一度ストッパーの足をいれることが容易ではない。右手の指先の動きだけで、袖口に重なるボタン穴を探りカフスの足を通すことは誠に難しい。かといって、着る前にカフスボタンをとめてしまったのでは、シャツの袖口を手は通らない。

つまり、以前は何も考えずに自然にこなせていたような指先の仕事が、今や大仕事となっている。これはカフスボタンに限った話ではない。気がつかないだけで、昔は楽にこなせた手先の仕事が今は簡単には果たせなくなっている自分を発見して愕然とする。

いつの間に、どうしてそんな事態となったのか、と考えながら恨みがましくワイシャツの前ボタンの穴を撫でている時、ふと気づいたことがある。

――ワイシャツの前ボタンは通常六コ縦に並んでついている。その穴を指先でたどるうちに、襟元から腹にかけて作られているボタン穴がいずれも縦に割られた形の穴であることを確かめた。

そして、これが発見であるのだが、その縦一列の穴のうち一番上に位置する襟元のボタンの穴だけは、横に割られた形の穴となっている。前側のボタンは胸を開くように左右に引張られるのに対し、一番上の襟元のボタンは上下に働く力にもさらされているため、その穴が横に開くのか。

そんなことは衣類の常識であるのかもしれないが、ワイシャツを五十年以上も着続けていながら、一番上のボタン穴は他と違って横に割れた穴となっていることに、今回初めて気がついた。だからどうということはないのだが、なんとなくトクをしたような気分を味わった。

そしてこの発見は、自分がワイシャツのカフスボタンをはめることに苦労していたからこそもたらされたのだ、とあらためて考えた。

ムダに歳を取ってはいないぞ、と胸を張る気分だった。老いることは知ることに通ずる。

思い出せなくなる予感

いつの頃からか、誰かと話をしていて、ふと人の名前や地名が頭に浮かんで来ないケースが多くなった。六十代にかかる頃からだったろうか。

固有名詞に限らず、口に出そうとすると忘れてしまっていることが次第に多くなる。物忘れがひどくなるのは年を重ねたからであり、それは老化の自然なのだ、と考えてあまり気にせぬことにした。

ところが少し前、それにしても、と頭を抱えたくなるようなケースに重ねてぶつかった。

風邪気味で居間の長椅子に寝転んだまま、長引くといけないので近所の医院に出かけて診察を受け、薬をもらって来よう、と思いついた。五分も歩かずに着くはずのその医院の名前が、しかしどうしても思い出せない、ごく普通の姓の後に医院をつけ加えただけの名前が、なぜか頭に浮かばない。長椅子の上で身をよじらせるようにして考えたが、やはりダメだった。これは風邪より重症だぞ、と考えるうちに、いつか風邪のことは忘れてしまっていた。

固有名詞が浮かばないだけではない。普通名詞も出てこない事態にぶつかった。テレビでサッカーの国際試合を見ようとした時のことである。どこかの外国の選手と日本の選手がグラウンドに横一列に並び、両国の国歌演奏がはじまった。選手達のあまり大きくは口を開かぬ国歌斉唱を眺めながら、こちらも声には出さずに口の中で歌詞を追った。途中まで来た時、突然その先のコトバがわからなくなった。

メロディーの側から追っても歌詞の側から続きを辿ろうとしても、どうしたわけか先が浮かんで来ないのである。小学校以来、そして戦時下の国民学校以来、校庭や講堂で幾度となく歌って来た歌である。昔であれば、これは〈非国民〉に為（な）るのだぞ、と身の底で自分に言い聞かせると、なにやら不安が増した。

しかし、それとは別のこんなケースもある。独りで家を出ることになるので玄関の鍵をかけることを決して忘れるなと家族に言われ、誰もいなくなる家の玄関ドアに鍵をかけてから門扉までの二、三歩を進むうちに、本当に鍵をかけたかどうかがわからなくなっている。心配なので引き返して確かめると、鍵はしっかりかけられている。

そんなことが幾度か続くと、これは自分のしたことを忘れてしまうのではなく、鍵をかけるという行為が無意識のうちに行なわれたので自分はそれを知らないのであり、忘れたことにはならないのではないか、と負け惜しみ気味に考えてみたくなったりする。自分の行為が次々と無意識のうちに遂行されてそれが連続するとしたら、これは物忘れなどといったのんびりした事態ではなく、あわてて別の心配をすべきなのか、と不安を覚える。

それはさておき、純粋の物忘れは日常的に発生し続ける。部屋で本を探しながら、手にしていた資料などを、ふと身近に積んだ本の上や箱の端などにのせる、その時、おそらく自分はこの場所を忘れて、また探すことになるのだろうな、と考えている。

そして事実、予測通りの事態が発生する。ほんの一瞬、どこか近くに置いたことは覚えているのに、そこにあると思われる場所にはないのである。自分で、探すのに苦労はしながら、これはどこかゲームに似ているな、と考えたりもする。我ながら呆れて思わず笑い出しながら、腕を組むばかりである。

あまり忘れ物が多いので部屋に〈忘れ箱〉といったものを備えよう、と思ったりする。忘れると自信のある物は必ずそこに入れる。その箱をどこに置いたかをまた忘れる。

自分らしく老いていく

今年もまた、十二月が終ろうとしている。

子供の頃は年齢を数え年で追っていたため、十二月の終りや一月の始まりは年齢の進行を意味した。正月の到来は新しい年齢との出合いであり、子供にとってお年玉と並ぶ重要な出来事であった。

一九五〇年一月に年齢の呼び方が満年齢に変った際、多くの人は一歳若返ったわけである。高校生であったこちらは大人になるのが先に延ばされたようで苛立たしさを覚えたが、この若返りは多くの女性に歓迎されたように覚えている。

それはともかく、自分の年齢というものは常に気にかかるものである。それは今生きていることを表す数字であり、年齢の増加はやがて老化につながり、その停止は生命の終りを意味する。

そのような事情があるため年齢は常に人の頭を離れず、人が生き続ける上での大切な手掛かりであり、自分の位置を確かめるための目印でもある。

と同時に、年齢を表す数字はどこかヨソヨソしく、自分にはぴったりと合わぬもののように感じられてしまう。そんなことはない、自分はまだそこまで行っていない、などと異議を唱えたくなる気分が生じる。

そんな違和感を強く覚えるようになったのは、自分が八十代にはいってからのように思われる。

あらためて自らの年齢に向き合い、それが既に八十五歳も越えているのを確かめると、そんなことはないだろう、何かの間違いではないか、などと口を尖らせて抗議したい気分が湧く。年齢にリアリティーがない、といった感じなのである。

子供の頃のことをふと思い出す。夏の夕暮れ、道ですれ違った演習帰りらしい兵隊さん達の赤らんだ顔や大人っぽい汗の臭い。お巡りさん達が動く度に腰のあたりでガチャガチャと鳴ったサーベルの音。初めて日が暮れてから買物を頼まれて一人で出かけた夜道の暗さなどが次々と蘇って来る。そしてあれらの日々から八十年近くもの時間が、この身の中を流れて行ってしまった、とはどうにも信じられないのである。

別の言い方をすれば、八十代の半ばを過ぎた人間の姿とはいかなるものであるかが、あの子供の頃の記憶につながるものとして浮かんで来ない。思わず、ウソだろう、と呟きたくなる。そしてウソであるのは、子供の頃の記憶ではなく、現在の自分の年齢のほうなのである。つまり、今の年齢にリアリティーがない。年齢として示される数字に、子供の頃から流れ続けた時間がうまく繋がるとはとても思えない。この違和感はどうしたものだろう――。

別の言い方をすれば、八十代も半ばを過ぎた人間の姿とはいかなるものであるか、がなんともうまく摑めない。

テレビのニュースなどで見かける男性の年齢を知り、八十代の半ばとはあんな体形、あんな姿勢、あんな動作で生きているのか、と我が身に比較してみることもある。客観的に見れば、この年齢の男性達の姿とはこのようなものであるのか、とあらためて教えられることもある。

そして結局辿り着くのは、他人は他人であり、自分は自分であって、夫々が自らにふさわしい老い方をするより他にないのではないか、とのなんともシマリのない結論なのである。自分らしく老いればいい。別の言い方をすれば、人は自分の老いを育てればよい。これもまた難事ではあろうけれど。

老人特有の忙しさ

年寄りは多忙である——。

ある時期から、しきりにそう感じるようになった。

かつては、そんなふうに考えも感じもしなかったが。

自分が会社勤めを辞めて文筆生活に飛び込んだのはまだ三十代であり、その時は書くことによって生活を支えるのが精一杯だった。勤め人の定年後がどのようなものであるかについてなど、想像してみることもなかった。

しかし、こちらが六十代から七十代にかかる頃、毎日のように顔を合わせて仕事の打合せを重ねて来た編集者から、自分は来年は定年となるので今の仕事を離れることになる、などと告げられて驚く折が間々あった。

まだ充分に働けるのに、といった疑問や不満を覚えることが多かった。そしてふと考える折があった。――こんなふうに毎日会社勤めの暮しを続けている人達は、定年を迎えて通勤する必要がなくなった時、日々の昼間の時間を、どうやって過していくのだろうか、と。

新しいことを勉強し始めるとか、旅行に出かけるとか、趣味を存分に楽しむ、といったことは想像出来るのだが、それだけで本当に毎日の暮しが埋められるものだろうか。

しかし実際には、そのあたりについての不満や苦情を耳にすることはない。やることがなくて困った、という話は聞いたことがない。

様々なボランティア活動とか、老家族の介護などといった仕事があれば、当然そこには時間やエネルギーが必要となるだろう。

しかし、それとは違ったこともあるのではないか、と自分の日常生活を振り返って感じる時がある。

——老人は本質的に忙しいのだ。

なすべき仕事が大量にあるから忙しいのではない、老人であるが故に、独特の忙しさを背負い込まねばならぬから忙しいのである。年寄りであるために個々の作業に著しく時間がかかる。つまり能率の悪さが作業時間を引き延ばし結果として容易に仕事が進まずに時間ばかりが経っていく。

また、たとえば、資料や書籍の整理などといった仕事がある。少し放置すれば、新聞雑誌や様々な資料などの印刷物、本の類はたちまち溜って身動きがとれなくなる。そして溜ったそれらを分類したり整理したり、移動したりする作業には意外に時間がかかる。本棚の整理などとなれば、重い書籍の移動や書類の積みかえなどは、時には踏み台に乗って作業せねばならぬ場合もある。そんな時には高い所から転落する危険が伴うので、よほど用心してかからねばならない。つまり、一つの仕事がまた新しい仕事を生み出す結果となる。そして一つの仕事がまた別の仕事を呼び出したりして、作業は一向に捗らぬまま、時間だけが経っていく。つまり、忙しいのである。

しかも全体として作業が緩慢であり、精神の働きから手足の動きまでがぐずぐずとして速やかには進まない。

うまく進まない整理の作業に苛立ちつつ、遂に手のとどかなかった、天井に近い本棚の最上段を見上げつつ、あの中に積み込んでしまった筈の古い資料などとは、もう生きている間には顔を合わせることはないのかな、と恨みがましく考えたりすることも少なくない。

そして、ふと気づく。

老人が忙しいのは、やることがふえるからではなく、自分の持ち時間が乏しくなっているからではないか、と。

それは、朝から夜へと流れる時の運びのことではなく、その人に残されている時間の量のことではないか、と。

斜面を静かに登るもの

あのことを書こう、と思いついた時、その文章の導入部となる以前書いた自分の文章を読み返したい、と考えた。

ところが、ここ半年かせいぜい十か月ほど前に書いたつもりの文章が、新聞の切抜帳をいくらめくっても出て来ない。

首をひねりながら切抜帳を更に遡って調べるうち、探していた当の文章は一昨年の七月に掲載されていることを知った。「朝訪れる優しい時間の環」として本書に収録されている一文である。それから一年半を越える歳月が過ぎていることに驚いた。つまり、こちらの感じより、歳月ははるかに速く流れているわけである。その分だけ、こちらの老化は進んでいるわけでもある。

しかし、今はそんな発見に感心している場合ではない。書こうとしたのは、前に書いた文章の続きともいえそうな内容のものだからである。

一昨年の七月に綴ったのは朝目が覚めてベッドに起き上った時、なにか不思議に柔らかな空気、優しい時間の環の如きものに取り巻かれている自分を発見する、といった文章だった。

そしてその環の中には、自分の子供の頃の空気が運び込まれているらしい、と綴られていた。近所の医院からの帰り道、こちらを背負ってくれている母親の背中の感触や、夕暮れの庭いじりの折に祖母と交わしたとりとめもない会話の断片などがほっこりと思い出されることなどが記されていた。その文章には、穏やかな空気の中に蘇る家族達は今はもう皆居なくなってしまったことが記されていたが、近くにいた人々の不在は必ずしも淋しさや悲しみを伴うものではなく、みな穏やかな後姿を浮かべているように感じられた。

そのことに何かをつけ加えたいのではない。朝起きて一日が始る前に訪れる短い時間の中にふと出現した、もうひとつ別の光景についても書いておきたい、との考えが浮かんだ。今綴ろうとするのは、過去ではなく未来、記憶ではなく幻視とでもいった世界に属する光景なのである。

かつてと同じように、眠りと目覚めとの間にふと訪れる穏やかで優しい時間の環の中にそれは登場した。一枚の絵のようにも、ゆっくり動く影像のようにも、それは静かに登場した。幻視といえばそれに当るのかもしれない。

――緩い登りの斜面を、馬とも牛ともつかず、山羊(やぎ)でも駱駝(らくだ)でもない動物の群れが、身を寄せ合うようにしてゆっくり登って行くのが見えた。その動物が何であるかは誰も教えてくれないが、そのことはあまり問題にならない。ただ黙々と土埃(つちぼこり)を身のまわりに立てながら、夕陽(ゆうひ)を浴びつつ身体をぶつけ合うようにして斜面を登って行く。

そのうち、何かのはずみに動物達の行先が判明する。緩い斜面の先にあるのは動物達の暮す牧場であり、安全で快適で穏やかな、放牧の地のような丘がその先にあるらしい。動物達の足取りや身のぶつけ合い方から見て、彼等がすすんでその丘のような場所へ向かっているのがわかる。

これは老いたる動物達が自らの終焉（しゅうえん）の地を目指す行進なのか、と想像したその時、答が見えた。今、斜面を登っているのは、老いたる動物達ではなく、あれは〈老い〉そのものの姿なのだ、と——。

つまり、あらゆる〈老い〉が、夕陽の中を今静かに登っているのだ、と——。

〈老い〉の先に何があるかなど賢（さか）しらに考える必要はない。特別な朝のひとときは、斜面を登る動物達の後姿をただじっくり眺めよう。

ケイタイ電話の健気な声

少し前のこの欄のエッセイに、物忘れがひどくなったことについて書いた。「思い出せなくなる予感」という題の一文である。

人の名前や地名などを忘れ、口に出て来ないのに慌てる次第を書いた。その少し後には、小学生の頃から歌い続けて来た歌の歌詞がふと口から出なくなってうろたえた次第などについても記した。

その種の出来事は一向に改まる気配がない。それどころか、益々範囲を拡げて困った事態を招き寄せそうな気配が増しつつある。その一つが「失せ物」の多発である。

人名や地名、作品のタイトルなどを忘れて困ることは多いのだが、それらは言葉が口から出ないために起る事態であり、もし思い出せなければそこで諦めてもなんとか収まる程度の被害にとどまる。

しかし「失せ物」となるとそうはいかない。こちらは固有名詞が問題ではなく、具体的なモノをめぐるトラブルであるからだ。

ことの発端は、同じように「忘れる」「思い出せない」といった事態から始るのだが、こちらの場合は、その失態の後にモノが失われる、といった被害が発生する。何かの名称を忘れて起る被害は、当の忘れた本人がガマンしたり、アキラメたりしてやり過すことが可能だが、物が消えてどこにあるか行方不明となったような場合には、当の「失せ物」を使う他人にも被害が及ぶから困る。名詞のトラブルが動詞のトラブルへと発展し、「失せ物」にかかわる他人にまで被害が波及する。

その典型的な例が、ケイタイ電話の置き場所である。家の中で置く場所は一応決めてはいるつもりでも、そこでは手がひっかかると床に転落して危険であるとして他に移されるとか、テーブルの上の新聞や雑誌の下にすぐ潜りこんでしまうとか、仕事部屋にはいって行方不明になったまま出て来ないとか、ケースは様々でありながら、ケイタイ電話は出て来ない。

ただ、一つだけ助かるのは、それが電話機であることだ。受信機能がある以上、相手は呼び出されれば反応しないわけにはいかない。

だから、家の中のどこにケイタイ電話を置いたかがわからなくなった時、家族の誰かのスマホなどから、探している我がケイタイ電話に向けて電話をかけてもらう。すると家のどこかで小さな呼び出し音が発生する。ココダ、ココダ、と小さいながら声張り上げて応えてくれる。その反応が、いかにも健気(けなげ)で愛らしい。

時によっては、その応えが容易に届かぬこともある。どこか家の外に置き忘れたのだろうか、と疑いつつやたらに家の中を歩きまわる。それでもみつけられない時には一度呼び出しを中止し、階段を上ったり、下りたりしてから、あらためて我がケイタイ電話に呼びかける。——おーい、どこにいるんだーい？　と。

すると、虫の鳴くような小さな音が、どうやら寝室の方から聞えていることに気づく。こもった音で、よほど気をつけていなければ聞き逃してしまうような反応だ。あわてて寝室にはいると、ようやく呼び出し音が電話の音となって寝室のベッドの中から洩れて来るのに気づいたりする。全く記憶がないので、ケイタイ電話と小型のラジオとを間違えたのかもしれない、と考えるが記憶にないのだから困る。

困るといえば、先日は眼鏡を置き忘れて慌てた。何かの拍子に外し、そのまま行方不明になった。電話に応答する機能が眼鏡にもついていれば、と思った。失敗と苦労は続く。

反響に驚きと嬉しさと

「時のかくれん坊」というタイトルで読売新聞夕刊に月一回寄稿して来たこの随想も、途中で「日をめくる音」と連載の名を改めながら、もう十四年程も続いている。七十代から八十代にかけて老い進む心身のとりとめもない記録を綴ったものだが、長く続くとそれなりに面白がって読んでくれる人もいるらしく、最近は町なかで未知の人から声をかけられることが時折起るようになった。——夕刊のあの随想は面白いから、毎月楽しみに読んでいる、といった感想を述べてくれる人が多い。ほめてもらえば嬉しいから礼の言葉を返しながら、お恥しい話ばかりで、とついつけ加える。小説を書いていてもあまり起らぬことだから、これは随想の内容のためであり、その多くが老い故の失敗談であるからだろう、と考える。〈老い〉を主題とするこの随想を書き始める時、失敗を断じて恥しがらずに正直に書くことにしよう、と決心したのだから、こういった対応をするのは自然の成り行きなのだと自分に言いきかせる。

親しい友人の一人から、よくもお前は自分のあんなミットモナイ話を平気で書けるなと呆れられたことがある。正直なところ、自分はさほど恥しいとは思っていないようなのだから、とりわけ無理をしているわけではないよ、と応じたいところだが、相手が折角感心してくれたのだから、と考えて、彼の批評を笑ってやり過すことにした。

事実、〈老い〉の進行は数知れぬ失敗や事故や異変を必然的に伴うものなのであり、もしそれを〈恥しい〉とか〈みっともない〉とかいって退けてしまったら、〈老い〉は痩せ衰え、少しも面白いものにならず、ただ乾いた時間の進行に過ぎぬものとなってしまうに違いない。

だから、転んだり、勘違いしたり、色んな危険を避けようとしてかえって危険に近づいてしまったりする失敗を繰り返す次第となるのだろう。

それはともかく、自分の書いたものについての関心や批評の言葉を町中などで見知らぬ人から不意に投げかけられるのは、驚くと同時に嬉しい出来ごとでもある。

少し前、駅ビルにあるデパートの入口で中年の女性から呼びとめられた。こちらの名前を確かめた後、夕刊のあの随想はいつも面白く読んでいる、と伝えてくれた。礼を述べるこちらに、あの文章は自分の父親教育の教材となっているのだ、と笑いながらつけ加えた。こんな失敗をしてはいけないとかあんな軽はずみの行動をとれば、ここにあるよりもっとひどい事態を招きかねないよ、などと忠告されているのだろうか、と想像すると、教育される当の父親が少し気の毒になった。親娘、声を揃えてこちらの失敗を笑ってくれればいいのに、と望む気持ちが生れた。頭をさげたその女性は、地下の食品売場に向うエスカレーターに乗って降りていった。

こんな反応もあった。

こちらより少し若い知人の一人が、あの随想は面白いよと賞めてくれた。ただね、と相手はこちらの顔を見た。文章では〈老い〉について様々のことを書いているのに、新聞のタイトル脇にのせられている筆者の顔写真が一向に老いていかないのはドウシタワケカネ、と言うのである。

「日をめくる音」と連載のタイトルが変った時から、毎回筆者の顔写真が文章にそえられるようになった。新聞社にあった顔写真が使われているらしい。そこでは年齢が動かない。老いる変化が現れない。困ったな、と呟くしかない。

あとがき

現代の老いについて書いた短い文章をまとめた中公新書のシリーズも、「老いのかたち」（二〇一〇年四月刊）、「老いの味わい」（二〇一四年一〇月刊）に続く本書「老いのゆくえ」によって三冊となった。

これは読売新聞夕刊に「時のかくれん坊」と題して月一回連載して来たものを、ほぼ五年ごとに新書の形にまとめたもので、第一回の新聞掲載が二〇〇五年五月であったことを考えると、それから既に十五年近くが過ぎたことになる。筆者の年齢で数えれば、七十三歳から現在の八十七歳に至るまでの十四年間書き続けて来たわけである。

基本的な姿勢としては、可能なかぎり率直に、老いていく自分を描き、その感覚や感情を記していくことを目指した。したがって、ここには老いに対する手立てや、深遠な考察などはない。書くに際して心したのは、正直に自分の老いそのものを描くことだった。恥しがってはいけない、とひたすら自分にいいきかせた。老化報告のつもりで書け、たとえその結果、家族のヒンシュクを買うことがあろうとも——。

しかし、それを面白がってくれる読者もいた。どうすれば老いないかとか、いかに老いに向き合うかが記されていても、老いるとは自分が具体的にどうなっていくことか、についてはあまり教えてくれない本が多い、との意見を聞かせてくれた。そんな声に励まされて、出来ることなら、もう少しこの短い報告書を老いの先の方までのばしていきたいもの、と願っている。

なお、新聞夕刊連載時のタイトルは、途中から「日をめくる音」に改められたこと、各回のタイトルには新聞掲載時と若干変ったものがあることをお断りしておく。

新聞の連載には読売新聞文化部の待田晋哉氏、新書の編集にあたっては中央公論新社中公新書の田中正敏氏にお世話になったことにあらためて御礼申し上げる。

二〇一九年五月

黒井千次

本書は読売新聞夕刊連載「時のかくれん坊」「日をめくる音」(二〇一六年四月より改題)を書籍化したものです。Ⅰ章は二〇一四年九月より一五年十二月まで、Ⅱ章は二〇一六年、Ⅲ章は二〇一七年、Ⅳ章は二〇一八年一月より一九年四月までの連載を収録しました。なお、一部加筆修正を行い、タイトルを変更しています。

黒井千次（くろい・せんじ）

1932年（昭和７年）東京生まれ．55年東京大学経済学部卒業後，富士重工業に入社．70年より文筆生活に入る．69年『時間』で芸術選奨新人賞，84年『群棲』で第20回谷崎潤一郎賞，94年『カーテンコール』で第46回読売文学賞（小説部門），2001年『羽根と翼』で第42回毎日芸術賞，06年『一日 夢の柵』で第59回野間文芸賞をそれぞれ受賞．

著書『時間』（講談社文芸文庫）
『働くということ』（講談社現代新書）
『群棲』（講談社文芸文庫）
『カーテンコール』（講談社文庫）
『羽根と翼』（講談社）
『一日 夢の柵』（講談社文芸文庫）
『高く手を振る日』（新潮文庫）
『流砂』（講談社）
『枝の家』（文藝春秋）
『老いのかたち』（中公新書）
『老いの味わい』（中公新書）
『老いの深み』（中公新書）
ほか多数

老(お)いのゆくえ
中公新書 *2548*

2019年６月25日初版
2024年12月５日７版

著　者　黒 井 千 次
発行者　安 部 順 一

本文印刷　三 晃 印 刷
カバー印刷　大熊整美堂
製　　本　小 泉 製 本

発行所　中央公論新社
〒100-8152
東京都千代田区大手町 1-7-1
電話　販売 03-5299-1730
　　　編集 03-5299-1830
URL https://www.chuko.co.jp/

Published by CHUOKORON-SHINSHA，INC.
Printed in Japan　ISBN978-4-12-102548-7 C1295

RC 1886 中公新書

中公新書刊行のことば

いまからちょうど五世紀まえ、グーテンベルクが近代印刷術を発明したとき、書物の大量生産は潜在的可能性を獲得し、いまからちょうど一世紀まえ、世界のおもな文明国で義務教育制度が採用されたとき、書物の大量需要の潜在性が形成された。この二つの潜在性がはげしく現実化したのが現代である。

いまや、書物によって視野を拡大し、変りゆく世界に豊かに対応しようとする強い要求を私たちは抑えることができない。この要求にこたえる義務を、今日の書物は背負っている。だが、その義務は、たんに専門的知識の通俗化をはかることによって果たされるものでもなく、通俗的好奇心にうったえて、いたずらに発行部数の巨大さを誇ることによって果たされるものでもない。現代を真摯に生きようとする読者に、真に知るに価いする知識だけを選びだして提供すること、これが中公新書の最大の目標である。

私たちは、知識として錯覚しているものによってしばしば動かされ、裏切られる。私たちは、作為によってあたえられた知識のうえに生きることがあまりに多く、ゆるぎない事実を通して思索することがあまりにすくない。中公新書が、その一貫した特色として自らに課すものは、この事実のみの持つ無条件の説得力を発揮させることである。現代にあらたな意味を投げかけるべく待機している過去の歴史的事実もまた、中公新書によって数多く発掘されるであろう。

中公新書は、現代を自らの眼で見つめようとする、逞しい知的な読者の活力となることを欲している。

一九六二年一一月

中公新書 1886

哲学・思想

中公新書
宗教・倫理
b1

中公新書

心理・精神医学

c1

481	無意識の構造（改版）	河合隼雄
557	対象喪失	小此木啓吾
2061	認知症	池田学
2521	老いと記憶	増本康平
515	少年期の心	山中康裕
1324	サブリミナル・マインド	下條信輔
2460	脳の意識 機械の意識	渡辺正峰
2603	性格とは何か	小塩真司
2202	言語の社会心理学	岡本真一郎
666	犯罪心理学入門	福島章
565	死刑囚の記録	加賀乙彦
1169	色彩心理学入門	大山正
318	知的好奇心	波多野誼余夫 稲垣佳世子
599	無気力の心理学（改版）	波多野誼余夫 稲垣佳世子
2680	モチベーションの心理学	鹿毛雅治
2692	後悔を活かす心理学	上市秀雄
907	人はいかに学ぶか	稲垣佳世子 波多野誼余夫
2238	人はなぜ集団になると怠けるのか	釘原直樹
1345	考えることの科学	市川伸一
757	問題解決の心理学	安西祐一郎
2386	悪意の心理学	岡本真一郎
2772	恐怖の正体	春日武彦
2833	脳の本質	乾敏郎 門脇加江子

言語・文学・エッセイ

j1

中公新書

言語・文学・エッセイ

j2

中公新書

知的戦略・情報

n1

中公新書

医学・医療

q1

地域・文化・紀行

中公新書

地域・文化・紀行

t 2